Ma mère est un flamant rose

De la même auteure

ROMANS

Bonheur, es-tu là ?, Libre Expression, 2011.

Cœur trouvé aux objets perdus, Libre Expression, 2009.

Maudit que le bonheur coûte cher !, Libre Expression, 2007.

Et si c'était ça, le bonheur ?, Libre Expression, 2005.

RECUEILS DE CHRONIQUES

D'autres plaisirs partagés, Libre Expression, 2003.

Plaisirs partagés, Libre Expression, 2002.

JEUNESSE

Marion et le bout du bout du monde, illustré de 21 œuvres de Marc-Aurèle de Foy Suzor-Coté, Publications du Québec, 2008.

L'Enfant dans les arbres, d'après l'œuvre de Marc-Aurèle Fortin, Éditeur officiel du Québec, 2002.

Mon père et moi, Éditions de la courte échelle, 1992.

Des graffiti à suivre, Éditions de la courte échelle, 1991.

THÉÂTRE

Dernier quatuor d'un homme sourd, en collaboration avec François Cervantes, Éditions Leméac, 1989.

Les Trois Grâces, Éditions Leméac, 1982.

FRANCINE RUEL

Ma mère est un flamant rose

Libre Expression
Une société de Québecor Média

Catalogage avant publication de Bibliothèque et Archives nationales du Québec et Bibliothèque et Archives Canada

Ruel, Francine, 1948-
Ma mère est un flamant rose
ISBN 978-2-7648-0795-8
1. Ruel, Francine, 1948- - Famille. 2. Écrivains québécois - 20e siècle - Biographies. I. Titre.

PS8585.U49Z47 2013 C843'.54 C2013-941218-2
PS9585.U49Z47 2013

Édition: André Bastien
Direction littéraire: Marie-Eve Gélinas
Révision linguistique: Marie Pigeon Labrecque
Correction d'épreuves: Julie Lalancette
Couverture: Chantal Boyer
Illustration de couverture: Maddia Esquerre
Mise en pages: Clémence Beaudoin
Photo de l'auteure: Julien Faugère

Remerciements
Nous reconnaissons l'aide financière du gouvernement du Canada par l'entremise du Fonds du livre du Canada pour nos activités d'édition.
Nous remercions le Conseil des Arts du Canada et la Société de développement des entreprises culturelles du Québec (SODEC) du soutien accordé à notre programme de publication.
Gouvernement du Québec – Programme de crédit d'impôt pour l'édition de livres – gestion SODEC.

Les Éditions Libre Expression
Groupe Librex inc.
Une société de Québecor Média
La Tourelle
1055, boul. René-Lévesque Est
Bureau 300
Montréal (Québec) H2L 4S5
Tél.: 514 849-5259
Téléc.: 514 849-1388
www.edlibreexpression.com

Dépôt légal – Bibliothèque et Archives nationales du Québec et Bibliothèque et Archives Canada, 2013

ISBN: 978-2-7648-0795-8

Distribution au Canada
Messageries ADP
2315, rue de la Province
Longueuil (Québec) J4G 1G4
Tél.: 450 640-1234
Sans frais: 1 800 771-3022
www.messageries-adp.com

Diffusion hors Canada
Interforum
Immeuble Paryseine
3, allée de la Seine
F-94854 Ivry-sur-Seine Cedex
Tél.: 33 (0)1 49 59 10 10
www.interforum.fr

Pour Étienne,
Sophie et Iris,
afin qu'ils sachent
quelle femme formidable
était Mado, la grand-mère
qu'ils n'ont pas connue.

Faute d'avoir eu un père présent dans ma vie,
je n'ai jamais pu narguer mes amis avec le fameux :
« Mon père est plus fort que le tien. »

Je me suis reprise en leur jetant à la figure :
« Ma mère est plus folle que la vôtre. »

Je suis née un 14 avril, aux aurores. Cette date fut mémorable bien des années avant ma naissance. Au cours de la nuit du 14 au 15 avril, un paquebot géant, le *Titanic*, a emporté avec lui des milliers de personnes dans l'immensité des eaux glacées.

Il eût été facile de comparer ma naissance à un naufrage.

Un jour, quelqu'un m'a fait penser qu'en étant née un 14 avril j'avais tout probablement été conçue un 14 juillet.

Je veux croire qu'au moment de ma conception il y a eu entre mon père et ma mère un gigantesque feu d'artifice. Grâce à ce 14 juillet explosif et à ce 14 avril titanesque, je suis faite de feu et d'eau.

Je dois me taire

Je dois me taire.
Je dois me taire en classe.
Je dois me taire en classe et dans les corridors.
Je dois me taire en classe, dans les corridors et au réfectoire.
Je dois me taire en classe, dans les corridors, au réfectoire et au dortoir.
Je dois me taire en classe, dans les corridors, au réfectoire, au dortoir et à la chapelle…

Franchon n'en finissait plus de copier ces phrases. Assise devant son pupitre, vêtue de son costume de pensionnaire – une robe noire à manches longues, munies d'un petit revers blanc, du même tissu que le collet aux bouts pointus –, elle s'appliquait, penchée sur sa copie. Ses fines nattes glissaient sur son cahier. Il y avait de la rage dans son ventre, plein de rage. Elle faisait bon ménage avec la faim qui la taraudait. Franchon étreignait sa plume de ses doigts bleuis par la colère et par l'encre. Elle noircissait des pages et des pages tandis que les autres pensionnaires s'amusaient en récréation, à l'extérieur par beau temps ou dans une salle de lecture les jours de pluie. Les cris de joie parvenaient jusqu'à ses oreilles, mais elle tâchait de les ignorer. Dans sa tête, un refrain qu'elle répétait en boucle: «J'm'en fous, j'm'en fous, j'm'en fous.» Au bout de ses doigts, la même phrase: *Je dois me taire...* Elle serrait les fesses sur son banc dur pour ne pas faiblir. Les attaches en caoutchouc des jarretelles qui retenaient ses longs bas de coton beige lui entraient dans les cuisses et la blessaient. Et elle traçait interminablement *Je dois me taire...*

La sœur enseignante, du haut de son autorité, oscillait de la cornette pointue posée sur sa tête et de la bavette tout aussi rigide sous son menton en faisant ses recommandations à Franchon, l'élève récalcitrante.

«Mademoiselle, allez-vous enfin comprendre et vous taire!

À écrire cinquante fois.

À écrire cent fois.

À écrire cinq cents fois.

À écrire mille fois.

À écrire dix mille fois.

À écrire un milliard de fois, s'il le faut.

Et inutile de faire des colonnes de:

Je je je je je je

Dois dois dois dois dois dois

Me me me me me me

Taire taire taire taire taire taire.»

Franchon l'avait essayé au début, et sa copie lui était revenue, striée de rouge, avec l'inscription: *À recommencer. En double.*

Cette façon de faire n'avait pas fonctionné avec ses enseignantes. Pas avec Musaraigne en tout cas.

La bonne sœur avait hérité sans le savoir de ce surnom, Franchon lui trouvant une ressemblance avec le petit mammifère insectivore. Lorsque la religieuse avait le dos tourné, la jeune fille en profitait pour l'imiter. Elle pressait ses mains de chaque côté de son visage pour rentrer ses joues le plus possible et, du même coup, reproduire le carcan de la cornette. Ce geste lui permettait de se faire une petite bouche, une sorte de museau minuscule et pincé comme celui de la sœur-musaraigne. Chaque fois, Franchon réussissait à faire rire ses compagnes de classe, si bien qu'elle était punie de nouveau.

Je ne dois pas faire rire mes camarades de classe..., engagement auquel s'ajoutait la litanie précédente sur le silence qu'on imposait partout dans ce pensionnat lugubre.

Les éducatrices faisaient tout pour venir à bout de son indiscipline. Parfois, elles augmentaient la difficulté du pensum. Un certain dimanche après-midi, la mère de Franchon était arrivée au parloir pour la visite. Ses sœurs étaient accourues à sa rencontre. Pas Franchon, qui n'avait pas terminé sa copie. Elle priait tout bas pour que sa mère n'intervienne pas auprès des bonnes sœurs afin de la faire venir au parloir. Elle savait que la punition serait pire après. À trois heures de l'après-midi, elle n'en était qu'à la moitié de ses cinq cents *Je dois me taire...* À quatre heures trente, heure de la fin des visites dominicales, sa mère était repartie sans pouvoir la voir.

Cela ne l'avait pas guérie. Pourtant, chaque soir, Musaraigne ou une de ses consœurs s'approchait du lit de Franchon avant l'extinction des feux.

Elle relevait la frange de l'enfant et traçait, sur son front dénudé, une croix. « Pour chasser le diable », disait-elle. Aussitôt que la religieuse avait tourné les talons, la petite s'essuyait le front et remettait ses cheveux en place.

Je dois me taire…

Pendant ce rituel, Franchon regardait la sœur de ses grands yeux bleu de mer. Si on avait été le moindrement attentif, ou légèrement psychologue – mais c'était beaucoup demander aux religieuses –, on aurait pu y lire cette riposte : « J'm'en fous, je ne me tairai pas. Je ne me tairai jamais. »

« MA MÈRE EST UNE COLOMBE QUI NE VEUT PAS D'UN PIGEON »

La mère de Franchon s'appelait Marie Madeleine Olive Colombe Plamondon. Fille de Joseph-Antonio Plamondon et d'Exilda Lamoureux, elle est née à Montréal, dans la paroisse Saint-Denis, le 16 octobre 1921. Son parrain était Alfred Dextraze, et sa marraine, Amanda Bond. Elle a épousé Marc-Aurèle Ruel le 2 septembre 1944, à l'église Saint-Cœur-de-Marie, à Québec.

Lorsque la mère de Franchon a rencontré Marc, celui qui allait devenir son mari, elle n'a pas osé donner à ce garçon, trop beau, trop arrogant, trop sûr de lui, son véritable prénom. Elle a fouillé dans ceux qu'on lui avait attribués à la naissance et elle a choisi Madeleine. Elle n'avait jamais vraiment aimé s'appeler Colombe, n'en déplaise à son père, qui, lui, adorait ce prénom. Non pas qu'on se soit moqué d'elle à l'école ou dans son cercle d'amis ; elle ne l'aimait pas, c'est tout. Et lorsque le futur père de Franchon et de ses quatre sœurs avait essayé de joindre cette Madeleine qui l'intriguait et qu'il voulait courtiser, Antonio avait raccroché le téléphone au nez du prétendant après avoir répondu qu'il n'y avait pas de Madeleine à ce numéro. Cette dernière, qui elle aussi avait bien envie de revoir Marc, avait dû se justifier auprès de son père sur son choix de prénom. Antonio en avait été très chagriné. Madeleine avait tenu bon et elle conserverait ce nouveau prénom jusqu'à sa mort. Pour ses amis, ses intimes, ses collègues et ses filles, elle s'appellerait tout simplement Mado.

Elle avait coutume d'expliquer à ses enfants son changement de prénom de cette façon : « Quand tu as une chance comme la mienne et que tu t'appelles Colombe, tu as bien des risques de marier un M. Pigeon ! »

Le jus d'orange

Elles étaient toutes là, autour de la table. Les cinq filles s'apprêtaient à déjeuner. Même leur mère était assise, pour une fois. D'habitude, elle les regardait prendre leur repas, le matin comme le soir. Le midi, lorsqu'elles n'étaient pas pensionnaires, les filles mangeaient seules avant de retourner en classe, et leur mère était au travail, où elle ne prenait pas le temps de s'arrêter pour se sustenter. Quand Mado était présente, elle restait à les observer. Parfois, elle semblait se perdre dans ses pensées. Debout, le bas du dos en appui sur le comptoir de la cuisine, une cigarette ou une tasse de café à la main. Souvent les deux. Même si elle souffrait de haute pression et était sujette à faire de l'emphysème pulmonaire, leur mère abusait, sans modération aucune, de ces deux drogues alors très à la mode. Une nouvelle cigarette succédait rapidement à celle à peine éteinte. À l'occasion, celle qui était presque consumée servait à allumer la suivante. Lorsqu'elle n'arrivait pas à trouver un briquet ou des allumettes et que l'envie de fumer était pressante, elle se servait du grille-pain pour allumer sa cigarette et prendre sa dose de nicotine.

Généralement, Mado n'ingurgitait que du café en guise de repas. Un café en poudre Nescafé, sa marque préférée. Celui-là aussi, à peine englouti, était suivi d'un autre, et d'un autre encore, et ce, jusqu'à tard dans la soirée. Ce n'était pas cela qui l'empêchait de trouver le sommeil. Il y avait tant d'autres sujets qui la tenaient éveillée… Une fois, les filles s'étaient amusées à compter le nombre de cafés que leur mère buvait en une seule journée. Elles étaient arrivées à vingt-deux, ce qui se produisait souvent. Lorsqu'elle serait grande et aurait voyagé pour la première fois en Europe, Franchon tenterait de faire goûter à Mado un véritable expresso, convaincue à tort qu'elle adorerait l'odeur et la saveur d'un vrai café. Mais il n'y aurait jamais qu'un seul café pour sa mère : il serait en poudre et de marque Nescafé.

Mado mangeait peu, déclarant tout le temps qu'elle n'avait pas le temps, justement. Même pas de s'asseoir une fesse sur le bord d'une chaise. Un bout de sandwich avalé à la hâte, quelques bouchées dans une assiette, et c'était tout. Les cafés et les cigarettes semblaient lui suffire. Franchon ne lui connaissait que peu d'envies : des arachides avec la peau, des écorces d'orange, rien, quoi ! Et lorsqu'elle recevait en cadeau de ses clientes de grosses boîtes de chocolats à Noël ou à Pâques, c'étaient les filles qui en profitaient.

Ce matin-là, Franchon avait le regard fixé sur le cendrier qui débordait alors que la matinée était à peine entamée. Ses sœurs placotaient la bouche pleine et gesticulaient à qui mieux mieux, en réclamant pot de confiture ou de beurre d'arachide, beurre ou litre de lait. Lorsque sa mère s'en allait travailler, comme c'était le cas, elle appliquait toujours avec soin un rouge vif sur ses lèvres, à la manière des actrices d'Hollywood qu'elle aimait voir au cinéma. Et les traces de ce «jour à lèvres», comme avaient l'habitude de dire les deux plus jeunes dans leur langage enfantin, se retrouvaient immanquablement sur le bout des cigarettes. Franchon aimait regarder ce petit tas de mégots couverts de bisous rouge sang, d'où émanait parfois une fumée bleutée, empilés dans l'assiette qui faisait office de cendrier. La fillette pensait que, plus tard, elle aussi se mettrait à fumer. Pour distribuer des baisers rouges.

Puis le drame était survenu. En apparence, il n'y avait pas de quoi se tourmenter. Un verre de jus d'orange venait de se répandre sur la table au milieu des assiettes, mouillant du même coup pain grillé et morceaux de fromage, sous les cris et les protestations des filles. Rien de nouveau sous le soleil. Dans cette famille, on ne comptait plus le nombre de verres de lait et de jus renversés dans l'énervement. Franchon regardait le liquide s'écouler de la table, telle une petite chute orange, et atterrir sur le plancher. Normalement, elle se serait précipitée à la recherche d'un linge pour essuyer le dégât. Mais pas ce matin-là. Elle avait laissé l'une de ses sœurs intervenir car, à ses yeux, il se passait quelque chose d'inhabituel. En pareilles circonstances, leur mère réagissait pour calmer l'ardeur des fillettes. Elle commençait par demander comment la chose avait pu se produire et qui en était responsable, avant de conseiller aux filles d'être plus attentives à ce qu'elles faisaient. Elle finissait toujours par apaiser celles qui s'accusaient mutuellement d'avoir sali un vêtement ou encore d'avoir gâché le petit-déjeuner. Elle prenait la chose avec patience ; comme elle le disait si bien, on ne s'en rappellerait plus le jour de ses noces. « On éponge tout et on recommence » semblait être la devise de la famille.

Ce n'était pas le cas, à l'instant présent. Mado pleurait. De grosses larmes coulaient sur ses joues et ne paraissaient pas vouloir s'arrêter. Les filles la regardaient, surprises par sa réaction. Après tout, il n'y avait eu qu'un verre de jus d'orange renversé. Franchon avait le cœur gros en entendant les sanglots étouffés de sa mère. Et même si elle n'était pas responsable du dégât, elle se sentait mal. Elle regardait ses sœurs, qui affichaient un air penaud tout en continuant à prendre leur petit-déjeuner, comme après chaque incident de ce genre. Se sentaient-elles aussi mal qu'elle ? Franchon, pour sa part, devinait qu'elle était témoin d'un événement particulier. Était-ce normal pour une maman de pleurer autant quand on faisait tomber par inadvertance un verre de jus d'orange ? Le dégât était déjà épongé et le repas avait repris son cours, mais Mado continuait de pleurer en silence. La petite fille, alors âgée de sept ans, était beaucoup trop jeune pour mettre des mots sur ce qu'elle ressentait. Une énorme boule prenait toute la place dans son estomac et continuait de grossir même si l'espace semblait manquer. Elle était convaincue que ce ne pouvait pas être le verre de jus d'orange qui était la cause de toute cette tristesse. De quoi s'agissait-il alors ? Qu'est-ce qui pouvait causer tant de chagrin ?

« ÇA VA MAL FINIR, CETTE HISTOIRE-LÀ ! »

C'était l'époque où les petites étaient petites et où les grandes étaient petites aussi. Leur papa était encore à la maison. Mais si peu souvent. Lorsqu'on a un père qui est voyageur de commerce, on le prend lorsqu'il est là. On n'est pas étonnée qu'il ne soit pas toujours présent. Il est là, l'instant d'après, il n'y est plus... De toute façon, les filles de Mado étaient, à cette période de leur vie, tellement occupées par leurs jeux, leurs poupées, leurs lectures qu'elles ne se posaient pas trop de questions. « Papa travaille » ou « Votre père est sur la route », avaient-elles l'habitude d'entendre. Et puis leur maman aussi travaillait. À cette époque, elle exerçait son métier de coiffeuse à la maison. Une grande pièce avait été aménagée pour accueillir ses clientes et, lorsque la porte était fermée, on ne la dérangeait pas. Les filles n'étaient pas pour autant laissées à elles-mêmes ; des aides domestiques, qui avaient pour prénoms Gisèle, Déneiges, Nicole ou encore Lilia, s'occupaient d'elles. Ces dernières les adoraient. Elles étaient originaires de la campagne environnante de Québec, ou carrément de l'étranger. C'était le cas de Lilia, qui étudiait à l'université le soir et qui secondait Mado le jour. Elle venait d'un pays lointain et son nom de famille, Kalaidjiewa, faisait bien rire les petites. Pour Franchon et ses sœurs, elle deviendrait par la suite « tante Lili », tant elle faisait partie de la famille. Beaucoup plus vieilles, elles assisteraient même à son mariage avec le grand Jean. Si large d'épaules, si majestueux, un beau géant.

Ce jour-là, Mado devait sortir, et comme le papa des filles n'était pas sur la route, pour une fois, elle lui avait demandé de polir les planchers, qui en avaient grandement besoin, tout en surveillant ses enfants. Elle avait déjà tout lavé, il ne restait qu'à enduire le parquet de cire en pâte et à passer la polisseuse. Rien de plus simple ! Mais c'était mal connaître l'homme que d'espérer que les choses se fassent aussi facilement avec lui.

Le père avait demandé l'aide de ses filles, qui avaient d'abord rouspété. Mais il leur avait présenté la chose comme un jeu. Intriguées, elles avaient accepté. Les meubles avaient été poussés, et leur père avait étendu la cire tout seul. Quand était venu le temps d'astiquer, au lieu de se servir de la polisseuse, Marc avait eu une idée pour retenir l'attention des enfants. Sur le point de partir, Mado s'était objectée en disant que « ça allait mal finir ». Il avait mis sa femme à la porte, l'envoyant à son rendez-vous, en lui signifiant qu'elle se plaignait qu'il ne faisait rien à la maison pour l'aider mais qu'elle ne le laissait jamais faire les choses à sa façon.

Aussitôt la porte refermée sur Mado, Marc avait pris, dans ses tiroirs, de longs bas de laine qu'il avait fait enfiler aux filles. Les chaussettes étaient trop grandes pour leurs petits pieds, mais elles avaient trouvé la chose fort plaisante. Leur père, si peu présent dans leur quotidien, leur proposait de jouer avec elles ; elles n'allaient pas s'en priver. Chaussées des longs bas qui, pour certaines, leur montaient jusqu'à l'aine, elles avaient appris comment cirer un parquet en s'amusant. Et le jeu s'était avéré très distrayant au début. Les filles avançaient avec précaution, chacune dans sa rangée, pour bien polir toute la surface. Puis, le rire aidant, elles s'étaient mises à patiner dans tous les sens, de plus en plus excitées par cet exercice qui sortait de l'ordinaire. Il y avait eu quelques heurts, quelques chutes sans conséquence – on se levait et on recommençait de plus belle. Mais à force de se faire polir par des patins de laine rugueuse, la surface était devenue lisse et très glissante. L'une des filles était entrée en collision avec une autre, la faisant tomber la tête la première sur le plancher. Chute beaucoup plus grave. C'était à ce moment que Mado avait fait son entrée pour trouver l'une d'elles tournant légèrement de l'œil, au bord de la commotion. Les remontrances avaient aussitôt fusé : « Je le savais, que ça finirait mal ! Cette idée aussi, de faire des plans pareils ! Pas capable de faire les choses normalement ! » Tous ces reproches sonnaient de façon étrange dans la bouche d'une mère qui ne faisait jamais rien comme les autres. Les filles, elles, s'étaient bien amusées.

Franchon, pour sa part, trouvait que les moments passés avec son père étaient trop rares. Une fois où il s'occupait de ses enfants, il leur avait proposé de jouer à la cachette. Il avait suggéré à Franchon de trouver refuge dans la laveuse, où personne ne pourrait la trouver, lui avait-il promis. C'est ce qui était arrivé. Lorsqu'il avait extirpé Franchon de sa cachette, elle était en sueur, les joues en feu, au bord de l'évanouissement. Mais elle n'en avait pas tenu rigueur à son père, malgré la colère de sa mère qui avait découvert le pot aux roses. Le jeu avait été excitant. Mais surtout, elle avait eu l'attention de son père pour elle toute seule, ce jour-là.

Franchon adorait son papa, ses « becs » qui piquaient à cause de sa fine moustache, et son odeur si particulière. Il y avait sa lotion après-rasage qui fleurait bon dans son cou, mais ce qui plaisait le plus à Franchon, c'était l'odeur qui imprégnait ses vêtements lorsqu'il revenait à la maison. En tant que représentant de commerce, Marc changeait souvent de compagnie, donc de parfum. Tantôt c'était le thé Red Rose, à d'autres moments, le café Maxwell House. Durant une certaine période, il sentait très fort le savon Palmolive.

Après cet épisode, il n'y avait pas eu beaucoup d'autres occasions de passer du temps avec lui. Surtout pas d'aussi amusantes.

Un jour, il n'a plus été là

À cause de son travail, qu'il exerçait sur la route, le père de Franchon avait l'habitude de partir tout le temps. Un jour, il n'est pas revenu. Cela s'est fait sans qu'elles s'en rendent compte. Il n'y a pas eu de scène, de cris, de pleurs, ni même de supplications. Il n'y a pas eu de valises empilées près de la porte d'entrée. Soudainement, il y a eu une absence qui prenait toute la place. Marc se manifesterait ensuite quelques fois pour l'anniversaire de l'une d'entre elles, pour Noël, en de rares occasions.

À la suite du départ de son mari, Mado avait dû mettre les plus grandes au pensionnat, ce qui lui permettait de travailler doublement pour combler le manque à gagner. Les deux plus jeunes avaient trouvé refuge auprès de grand-maman Plamondon jusqu'à ce qu'elles soient en âge de fréquenter l'école. Les filles n'ont jamais vraiment su ce qui s'était passé. Leur père ne faisait plus partie de leur vie, voilà tout. Elles avaient entendu dire que Mado avait exigé de son mari qu'il choisisse entre les « à-côtés » affectifs que lui procurait son travail de voyageur de commerce et sa famille. C'est-à-dire elle et les cinq filles. Ses filles. Franchon s'était souvent demandé si son père avait longtemps réfléchi avant de donner sa réponse. Il avait choisi de les quitter plutôt que de renoncer à sa vie de nomade, avec tout ce que cela impliquait.

Lorsque, adolescente, elle pensait à son père, loin d'elles, elle l'imaginait avec une femme différente dans chaque ville. Comme un matelot qui est attendu, à bras ouverts, dans chaque port. En fait, elle n'en savait rien. En avait-il plus d'une ou une seule ? Avait-il d'autres enfants ? Jeune adulte, Franchon avait assisté à la pièce d'Arthur Miller, *Mort d'un commis voyageur,* interprétée avec brio par Jean Duceppe. Elle avait reconnu son père – du moins ce qu'elle en connaissait – sous les traits du personnage de Willy Loman. Cet acteur de génie avait, en quelque sorte, appris à Franchon ce que son père avait dû vivre au moment de sa décision et fait passer en douceur ses choix discutables. Plus tard, une autre pièce de théâtre, *Le Vrai Monde*, de Michel Tremblay, lui avait offert un portrait plus ressemblant encore de cet être un peu mou, un peu lâche qui avait préféré fuir plutôt que d'affronter la réalité. Elle était restée clouée sur son siège, troublée, émue que l'auteur connaisse si bien l'homme qu'avait été son père.

Mais lorsque Franchon n'avait que sept ans, elle ne savait rien de tout cela. On n'en parlait pas, ou si peu, à l'exception des amies de sa mère, qui le faisaient parfois lorsqu'elles venaient à la maison. Elles prenaient un ton chagrin en secouant la tête de gauche à droite en signe de réprobation, ou alors elles riaient très fort, surtout lorsque sa mère évoquait son mari en l'appelant « l'adorable inconscient». Les amies approuvaient toutes en hochant la tête. C'est vrai que c'était un bel homme. Séduisant, il l'était encore, d'ailleurs, mais même si elles l'avaient croisé en ville, jamais elles ne l'auraient dit à leur amie Mado. Cela lui aurait fait trop de peine.

Si l'une d'entre elles levait la tête et apercevait une des filles qui pénétrait dans la pièce, elles changeaient aussitôt de sujet de conversation. Pourquoi accabler davantage les petites ? Sauf lorsqu'elles reconnaissaient Franchon. Elles la regardaient, de la tête aux pieds, effarées par ce qu'elles voyaient, et n'avaient qu'une phrase à la bouche. Une seule. Qu'elles répétaient immanquablement :

— Mon Dieu ! Qu'elle ressemble à son père, elle !

En effet, elle ressemblait au père, celle-là. On disait parfois qu'elle était la copie conforme de Marc. Les autres tenaient plutôt de la mère, et de la grand-mère maternelle ; à part pour les yeux bleus. Mais le bleu le plus prononcé, c'est Franchon qui en avait hérité. Et de la stature du père, et de l'implantation de ses cheveux, et également des traits de son visage. La même bouche, la même forme des yeux, la même allure.

À l'époque, la petite fille qu'elle était n'aimait pas qu'on parle d'elle et de lui de cette façon. Avec un soupçon de dédain dans la voix. Elle le trouvait encore beau, son père, même s'il avait quitté la maison. Elle appréciait par-dessus tout son regard bleu, sa nonchalance. Elle l'aimait bien, cet homme, et elle était heureuse de lui ressembler. Mais les commentaires des amies de Mado avaient des airs de reproche : « Elle ressemble au salaud qui fait pleurer Mado. »

Dans ces moments-là, Franchon s'en allait dans sa chambre, sans rien dire, en courbant un peu plus les épaules. Même si elle n'y était pour rien, elle s'en voulait de ressembler à celui qui faisait pleurer sa mère.

On ne parlait jamais vraiment de ce sujet à la maison. Pas ouvertement en tout cas. On faisait comme si cette séparation était tout à fait normale, bien que ce fût exceptionnel à l'époque. Il arrivait même que la mère et les filles en rient. Il n'était alors plus question de drame, mais d'une situation qu'on pouvait facilement tourner en dérision. Mado disait en riant : « Ç'a dû être trop pour lui : six femmes sous le même toit ! » C'était comme ça et c'est tout. C'était arrivé, il fallait vivre avec. Aussi bien le faire le plus légèrement possible !

« Votre chèque est dans la malle ! »

Mado était à peine rentrée du travail qu'elle était déjà devant la cuisinière et faisait revenir de la viande hachée avec des oignons dans une poêle. D'une main, elle touillait la préparation à l'aide d'une cuillère en bois, de l'autre, elle tenait le combiné du téléphone en équilibre entre son oreille et son épaule. Le fil enroulé était étiré sur toute sa longueur à partir de l'appareil fixé au mur. Elle disait inlassablement la même chose :

— Je ne comprends pas, mademoiselle. Je vous ai pourtant envoyé le paiement.

Franchon s'était arrêtée contre le chambranle de la porte. Elle arrivait tout juste de l'école. Elle n'était alors plus pensionnaire mais fréquentait l'école secondaire de son quartier. Elle écoutait sa mère, qui, de dos, était toujours pendue au bout du fil. Elle ne semblait pas consciente de sa présence. Elle l'entendait répéter *ad nauseam* le même mensonge. L'adolescente avait eu une étrange pensée : « Ma mère est pendue au bout du fil. » Franchon avait déjà commencé à jongler avec les mots, les tournures de phrases. Terminées les sempiternelles copies des *Je dois me taire*... L'enseignante du moment – une religieuse inconsciente ou particulièrement pédagogue – avait voulu mettre fin définitivement à l'indiscipline de son élève en remplaçant les copies par la transcription des plus longues définitions du dictionnaire. Mal lui en avait pris ; Franchon avait fait une découverte fascinante. Les multiples sens des mots, leur étymologie, leur usage, tout cela ravissait au plus haut point l'adolescente qui ne se sentait pas du tout punie, bien au contraire.

« Drôle d'expression, s'était-elle dit : ma mère "pendue au bout du fil" l'est aussi financièrement parlant. Elle est serrée à la gorge, et l'équilibre de son budget ne tient toujours qu'à un fil. »

— Votre chèque est dans la malle !

Franchon savait pertinemment que le chèque n'avait pas été envoyé. Sa mère avait dit à ses filles, pas plus tard que la semaine précédente : « Je ne sais pas comment je vais faire pour payer Bell et l'électricité ce mois-ci. Je n'ai pas d'argent. »

Cette situation revenait chaque fin de mois. Ce n'était pas faute de travailler. Cinq jours par semaine, parfois jusqu'à vingt et une heures les jeudis et vendredis, Mado était debout et coiffait, frisait, teignait, coupait les cheveux des dames dans un salon. Elle arrivait exténuée tous les soirs, et le samedi, c'était pire encore parce qu'elle « avait sa semaine dans le corps ». Et c'est à ce moment qu'elle repartait vers un autre emploi. Elle voyait d'abord à ce que le souper soit prêt, répondait aux demandes de chacune, donnait ses recommandations pour la soirée, faisait une toilette rapide. Normalement, elle aurait dû se parer d'une jolie robe, mettre des boucles d'oreilles, dessiner sa bouche en rouge écarlate selon une technique bien à elle, et sortir en agréable compagnie comme le faisaient la plupart des gens le samedi soir. Mais non, pas elle. Elle échangeait seulement son uniforme de coiffeuse pour celui de serveuse et allait, toute la soirée, porter, empiler, changer, servir et desservir des couverts dans une salle de banquet. C'était une de ses amies qui lui avait trouvé ce travail, éreintant, à la limite du supportable. Mado était menue, fort délicate, et transporter d'immenses plateaux garnis d'assiettes lui demandait un effort considérable étant donné qu'elle avait déjà passé les cinq autres jours de la semaine juchée sur une paire de talons hauts et les bras dans les airs au-dessus de la tête de ses clientes. Mais ce deuxième emploi, si fatigant fût-il, rapportait un peu d'argent supplémentaire.

Et quand on élève seule cinq filles, de l'argent, cela en prend. Il n'y en avait jamais assez.

La mère de Franchon était toujours pendue au bout du fil. Encore une fois, elle devait composer avec ses maigres ressources.

— Voir s'ils vont nous couper le téléphone ! C'est des menaces en l'air, ça !

Elle avait raccroché tout en déposant la cuillère dans la poêle. La viande était maintenant cuite. Il ne resterait aux filles qu'à piler les pommes de terre, ouvrir une « canne » de blé d'Inde, et le pâté chinois serait prêt à servir. Mais pour l'instant, Mado regardait Franchon. Elle lui souriait. Ses grands yeux bruns étaient enjoués. S'amusait-elle de cette situation ou faisait-elle semblant ? Il y avait pourtant une autre tuile qui leur tombait sur la tête ! Comment savoir ?

Mado s'était dirigée vers l'entrée. Agrippant son sac à main, elle en avait sorti deux billets d'autobus qu'elle avait tendus à sa fille, puis était allée fouiller dans la pile de factures qui se trouvaient sur le bahut. Il y en avait beaucoup. Toutes impayées. Elle en avait tiré une enveloppe encore cachetée, qu'elle avait ouverte rapidement. Son chéquier en main, elle avait inscrit le montant en chiffres et en lettres et apposé sa signature. Elle avait vérifié auprès de Franchon la date du jour avant de l'indiquer.

Se tournant vers sa fille, elle lui avait remis le chèque et le relevé du compte en souffrance. Dans les yeux bleus de Franchon, à cet instant précis, se noyait une petite fille qui criait à tue-tête qu'elle n'avait pas envie d'y aller, qu'elle ne voulait pas faire ça, qu'elle haïssait être obligée de faire ça !

Mais Mado était trop pressée ou trop préoccupée pour porter secours à sa fillette en détresse.

— Ma Franchon, ça va bien aller, lui avait dit sa mère, qui était la seule à avoir ce petit nom doux pour elle. La dame au téléphone a accepté qu'on aille porter un chèque aujourd'hui.

L'adolescente avait pris les billets d'autobus, le chèque, l'enveloppe et s'apprêtait à sortir, la mort dans l'âme. Sa mère l'avait attrapée avant qu'elle ne franchisse la porte pour l'embrasser sur la tempe.

— Merci, ma grande.

On s'embrassait beaucoup dans cette famille de filles. Même lorsqu'on partait chercher du pain, une pinte de lait ou pour aller affronter une caissière de la compagnie Bell, qui allait faire toute une histoire, qui allait vous regarder de haut parce que vous inventiez de pauvres excuses pour protéger votre mère qui ne pouvait faire autrement, et surtout, parce que vous lui présentiez un chèque postdaté.

« MA MÈRE EST UN FLAMANT ROSE »

Mado se tenait souvent sur une seule jambe, le pied droit nu solidement posé sur le plancher tandis que le gauche s'appuyait nonchalamment au creux du genou de l'autre jambe. Elle pouvait rester ainsi de longues minutes sans broncher. Mado était mince, de petite taille, et possédait des jambes joliment galbées et des chevilles très fines. Le port des talons aiguilles vertigineux l'avait habituée à garder son équilibre sans le moindre vacillement et avait développé, du même coup, ses mollets de façon harmonieuse. Lorsque Mado se tenait de la sorte, position qui semblait lui procurer une grande détente, on pouvait facilement la comparer à ce grand oiseau migrateur au plumage rosé et corail. Mais elle ne s'envolait pas. Elle restait là, parfois sirotant son café, grillant une cigarette ou même lisant le journal. Cela ne durait jamais très longtemps parce qu'elle était toujours en mouvement.

Il lui arrivait de reproduire cette position, assise. C'était sa façon de tenir un bébé. Dans le creux formé par sa jambe en équerre, elle plaçait le petit qui s'endormait paisiblement. Franchon avait essayé de copier sa mère à maintes reprises, mais elle n'avait tenu que quelques secondes. Il lui faudrait de longues heures d'entraînement, en appui sur une barre dans la classe de ballet et juchée sur ses pointes roses, pour parvenir à une posture similaire. Mais à la façon d'un flamant rose… jamais.

Clark Gable rencontre Madeleine Plamondon

Il est difficile de préciser où l'événement a eu lieu. Mais ce rendez-vous s'est réellement produit puisque, après, « ils se marièrent et eurent beaucoup d'enfants ». Cinq. Que des filles. Pourtant, leur mère avait dû leur raconter ce premier contact avec leur père. Mais dans la famille, personne ne se le rappelait avec exactitude. Leur rencontre était-elle due à un pur hasard ou encore quelqu'un les avait-il présentés l'un à l'autre ? Franchon savait seulement que sa mère avait trouvé cet homme trop beau pour être honnête. « Le genre d'homme, lui avait-elle confié, trop sûr de lui, conscient de l'effet que son charme peut provoquer. Le genre de gars dont il faut se méfier. » Ce que la mère de Franchon n'avait absolument pas fait. Franchon se souvenait également d'avoir entendu, dans sa petite enfance, les amies de sa maman et les tantes qui fréquentaient encore la maison après le départ de son père dire qu'il était le portrait craché de Clark Gable. Franchon avait souvent tenté, à l'aide des photos qui tapissaient le fond d'une vieille boîte, de détecter des traces de ressemblance entre son père et cet acteur : la fine moustache en bordure de la lèvre supérieure, la bouche légèrement boudeuse, le cheveu gominé avec soin et le regard intense. Il lui semblait que les yeux de Gable revêtaient des nuances de brun et de noir, tandis que ceux de Marc étaient d'un bleu acier peu commun. Mais l'allure y était, et la dégaine aussi. Sur chaque photo examinée attentivement, Franchon retrouvait son père dans des poses décontractées : sur les pentes de ski, à la pêche, à vélo, à la patinoire, allongé dans l'herbe, mais toujours avec l'attitude d'un homme sûr de lui. Un beau bonhomme, quoi !

Même la marraine de Franchon, sœur chérie et si proche de sa maman, n'arrivait pas à se rappeler l'endroit de la première rencontre entre Marc et Mado. La seule qui croyait savoir, c'était l'aînée des filles. Elle était convaincue, hors de tout doute, que cela s'était produit sur une patinoire extérieure. Il n'en existait que peu dans les années 1940. Elle faisait allusion à celle du château Frontenac. La chose était plausible : leur mère y avait travaillé comme coiffeuse. Pour une première rencontre, ce lieu convenait tout à fait à Franchon. Elle connaissait cette patinoire pour y être allée elle-même quelques fois avec ses sœurs et ses copines. Elle y imaginait très bien ses futurs parents : sa mère chaussée de patins qui se faisait faire la cour par un beau Brummell quelque peu arrogant sur la surface gelée. Mado, avec son regard frondeur, son grand sourire et son envie de vivre, qui ne s'en laissait pas imposer, et son père, avec ses yeux de mer calme. Franchon repensait à sa mère et à ses nombreux amis : ces garçons séduisants et ces belles filles qui sortaient en groupe, allaient au cinéma, faisaient des pique-niques. Il y avait plein de photos dans les boîtes cornées qui en témoignaient. L'une d'entre elles montrait même ses parents, juchés sur la branche d'un arbre, qui s'embrassaient amoureusement. Mais des images de la patinoire, aucune.

La marraine de Franchon se défendait du trou dans sa mémoire en répétant à sa filleule qu'elle n'était pas toujours avec Mado, et surtout pas là pour surveiller sa petite sœur. « Ta mère avait plein d'amies. Micheline Fleury, entre autres, et Mariette Pichette. Elle a eu des amoureux aussi avant ton père. Un étudiant du nom de Lavigne, mais ça n'a pas duré longtemps, et surtout Roméo Gamache. Il était boulanger et aimait beaucoup ta mère. » Mado disait régulièrement à ses filles que c'était lui qu'elle aurait dû épouser. Mais l'œil d'un bleu de Normandie après la pluie avait fait des ravages, et Gable avait supplanté Roméo.

NUITS D'ANGOISSE

Elle s'était réveillée en sursaut. Il n'y avait que la noirceur autour d'elle. Et le silence. C'est d'ailleurs ce qui la faisait paniquer. Non pas l'absence de bruit, mais le fait qu'elle n'entendait aucun des sons coutumiers à cette heure de la nuit. Rien. Il ne se passait rien. Elle plissait les yeux, comme pour mieux entendre. Elle avait l'habitude de s'endormir malgré le raffut de la circulation dans la rue particulièrement passante où se trouvait leur appartement. Elle s'était même habituée au bruit de la transmission des camions changeant de vitesse pour ralentir avant de s'engager dans la descente assez pentue, que l'on surnommait familièrement « la côte Pen-Mass ». En fait, la rue s'appelait Belvédère, mais dans le tournant, au bas de la côte, se trouvait un restaurant de cuisine canadienne et chinoise qui portait ce nom.

Franchon s'était assise d'un bond dans son lit. Son nouveau lit, sa nouvelle chambre qu'elle aimait tant. Une amie de sa mère, qui vivait en Beauce et était assez aisée, avait aidé à la décoration en fournissant deux lits simples, des tables de chevet, des lampes identiques et de jolis édredons. Pour la première fois, Franchon ne partageait pas le même lit que sa sœur aînée. Elle avait écouté une fois de plus pour se rendre compte qu'elle avait failli à sa tâche. Elle s'était précipitée vers la porte de la chambre, en faisant bien attention de ne pas réveiller sa sœur qui dormait dans l'autre lit, logé contre la fenêtre, et était sortie de la pièce. Elle avait longé le corridor, toujours à la recherche des bruits familiers et rassurants qui occupaient ses nuits depuis son enfance. La seule chose qui persistait était l'odeur d'Antiphlogistine, dont sa mère faisait abondamment usage et qui s'insinuait partout dans la maison.

Ouvrant la porte de la chambre qui donnait sur le balcon, la jeune fille avait regardé dans le lit la forme allongée et silencieuse. Un amas de couvertures, des cheveux épars sur l'oreiller, une peau blanche, des yeux fermés, une bouche entrouverte qui ne laissait entrer ni échapper aucun souffle. Franchon était paralysée devant ce tableau, tant de fois observé. Mais cette fois-là, sa mère ne bronchait pas, ne toussait pas, ne réclamait aucun papier mouchoir, aucun verre d'eau, ni de pastille ou de bonbon pour soulager sa toux. Elle ne suppliait pas une de ses filles de masser ses muscles endoloris ou encore d'appliquer dans son dos une « mouche de moutarde ». Elle restait étendue, inerte. Et puis un appel d'air suivi d'un petit ronflement avait fait sursauter l'adolescente. Sa mère n'était pas morte, elle dormait tout simplement, sans qu'aucune quinte de toux, pour une fois, ne vienne perturber son sommeil.

Franchon était retournée à sa chambre, rassurée mais fatiguée après cette peur qui avait pris son cœur en pleine nuit et l'avait serré de toutes ses forces, comme pour le broyer. Elle s'était allongée dans le silence et n'avait plus bougé. Le sommeil l'avait quittée pour faire place à une angoisse envahissante. Elle pensait à ces nombreuses nuits où elle avait entendu sa mère tousser à en perdre le souffle, cracher dans un mouchoir, pour être prise à nouveau d'une quinte de toux incontrôlable et déchirante et qui ne semblait jamais avoir de fin. Son corps retombait ensuite, épuisé par un tel effort. Franchon songeait surtout à la peur qui l'étreignait alors. Souvent, son envie irrésistible de se rendormir était plus forte que tout, la tenait ankylosée dans son lit chaud et douillet, l'empêchant de se lever et de se précipiter au chevet de sa mère, qui réclamait pourtant son aide. Dans ces moments-là, la culpabilité remontait à la surface, la submergeait. Elle se répétait qu'elle n'était rien d'autre qu'une mauvaise fille, égoïste et paresseuse, que sa mère ne pouvait pas compter sur elle. Franchon était convaincue qu'une nuit comme celle-ci sa mère n'arriverait plus à reprendre son souffle à force de tousser et qu'elle s'étoufferait toute seule dans son lit, sans qu'aucune de ses filles vienne à son secours.

Le jour de l'enterrement de leur mère, les filles évoqueraient ces nuits effrayantes. C'est à ce moment-là seulement que Franchon comprendrait que chacune d'entre elles, les petites comme les grandes, s'était levée au cours de ces nuits difficiles pour apporter à leur mère un verre d'eau, un mouchoir ou une pastille. Et les sœurs réaliseraient alors que jamais elles ne s'étaient croisées dans le couloir ou à son chevet. Elles s'étaient toutes senties responsables du bien-être de leur mère et toutes, sans exception, avaient eu, au cours de ces nuits, la même crainte de la retrouver sans vie.

Mado au cinéma

Sur le perron d'une église ou les marches d'une école, une femme se tient toute droite sur ses talons vertigineusement hauts, malgré ses chevilles si fragiles. Elle porte un tailleur bien coupé qui lui va à ravir. La jupe droite s'arrête sous les genoux. Les mollets sont bien galbés dans des bas de nylon se terminant à l'arrière par une légère couture, qu'on ne décèle pas mais qui s'étire sûrement jusqu'à la cuisse, où les bas sont retenus par des jarretières. La taille est fine, très fine, le sourire, irrésistible, et les yeux sont perçants et rieurs sous le chapeau à voilette qui tient de guingois. La jeune femme a dix-huit ans sur cette photo en noir et blanc. Elle fait plus vieux que son âge. C'est l'époque qui voulait ça. Il se dégage de ce corps frêle une énergie inimaginable, de la détermination et un fort désir de bonheur. Tout cela, dans une si petite personne !

Franchon ne se lassait pas de regarder ce cliché de sa mère, datant de 1940, alors que cette dernière était à l'aube de sa vie de femme. Cela sautait aux yeux : cette Mado, c'était une femme qui se tenait debout. Franchon avait toujours éprouvé une grande fierté à la voir ainsi, belle, décidée, prête à mordre dans la vie.

Mado n'était pas encore mariée. Elle avait déjà commencé à exercer son métier de coiffeuse au salon du château Frontenac pour accommoder les clientes de passage, mais également les dames de Québec qui venaient s'y faire coiffer régulièrement. Certaines d'entre elles allaient devenir des amies fidèles. Mado aimait son métier et le pratiquait avec plaisir et un grand talent. Elle adorait son patron, Adrien Massey, d'origine marseillaise, qui deviendrait le parrain de la plus jeune des filles. Elle avait la possibilité, en travaillant au château, de coiffer les artistes qui y logeaient et se produisaient à La Porte Saint-Jean dans des spectacles de variétés. Une dédicace sur une photo d'Annie Cordy atteste du talent de Mado.

Elle sortait beaucoup à l'époque et entretenait de nombreuses amitiés, qu'elles soient féminines ou masculines. Mado allait régulièrement au cinéma. Elle évoquait souvent les noms d'Humphrey Bogart, de Fred Astaire, de Cary Grant, d'Errol Flynn également. Puis ceux de Mickey Rooney, Jean Harlow, Bette Davis, Ava Gardner. Un nom revenait fréquemment : Spencer Tracy, qu'elle appréciait tout particulièrement. Et aussi des titres de films comme *Casablanca*, *The Lady from Shangai*, *Autant en emporte le vent*, *La Comtesse aux pieds nus*, *Robin Hood*, *Captain Blood*, *Mutiny on the Bounty*. Mado aimait les films de cape et d'épée, d'aventures et d'amour.

Un soir où elle était allée « aux vues » en compagnie d'une copine, peut-être après le travail, elle était assise près d'un homme costaud qui remplissait bien son siège. En fait, il débordait vers celui de Mado, qui, elle, se recroquevillait le plus possible contre son amie. Captivée par ce qui se passait à l'écran, elle ne s'était pas rendu compte tout de suite que son voisin de droite essayait de lui prendre le genou. La première fois, elle avait glissé sa jambe vers l'autre côté. Mais soudain consciente du manège de l'homme, elle avait pris la main de ce dernier pour l'enlever prestement de son genou. Le gaillard ne se décourageait pas pour autant et recommençait. Se tournant vers lui dans la pénombre, elle lui avait chuchoté fermement d'arrêter son petit jeu. Avec ses intentions malveillantes, l'individu lui faisait perdre le fil de l'histoire. Lorsqu'elle avait compris qu'il ne cesserait pas, elle l'avait laissé toucher son genou sans intervenir cette fois. Il en avait profité pour caresser à pleine main l'objet de sa convoitise. Mado avait alors extirpé délicatement la longue épingle qui tenait son chapeau en place et, dans un élan féroce, l'avait plantée dans la cuisse de l'homme, qui s'était levé aussitôt en hurlant. « Maudite folle ! » avait-il crié à pleins poumons. La mère de Franchon avait répliqué du tac au tac, avec la même force, sans se laisser démonter : « Maudit cochon ! » ce qui avait fait rire les spectateurs.

Mado était particulièrement fière de raconter cette anecdote à ses filles. Elle n'avait qu'un seul regret : elle avait perdu sa belle épingle à chapeau !

Elle pourrait se consoler aujourd'hui : cet événement avait fait naître chez Franchon et ses sœurs la même fièvre féministe.

« Ma mère est une souris qui gruge du temps le jour et rapporte le soir les miettes à la maison »

Quand Franchon était petite, sa mère se rendait tous les matins au magasin Holt Renfrew situé sur la rue Buade, où elle exerçait le métier de coiffeuse. Elle ne franchissait pas les lourdes portes tournantes de l'entrée principale réservée aux clients du majestueux commerce, mais empruntait plutôt une porte dérobée et longeait de longs corridors pour se rendre à la mezzanine où se trouvait le salon de coiffure. Elle maniait avec facilité les fers à friser, qu'elle faisait chauffer sur un four en fonte. Il y en avait de toutes les grosseurs, selon la boucle désirée. Il fallait enrouler l'engin délicatement autour d'une mèche, le maintenir en place assez longtemps, puis le retirer tout aussi habilement, sans jamais toucher le fond de la tête de la cliente, ce qui risquait de la brûler. Elle savait également marier les couleurs et le peroxyde, pour ensuite les appliquer savamment sur les racines et les pointes de la chevelure. Jouant avec dextérité du peigne et des pinces à cheveux, elle parvenait à faire de magnifiques chignons, qu'elle plaçait sur le dessus de la tête ou à la base du cou ; qu'ils soient classiques ou serrés à la manière de ceux des danseuses, torsadés ou de type banane, ou encore souples et retombant négligemment, Mado les réussissait tous à la perfection. Après avoir passé des heures et des heures, juchée sur des talons hauts, debout derrière une chaise à s'occuper de ses clientes, sans avoir le temps d'aller au petit coin ni de manger une bouchée, elle rentrait à la maison, fourbue, rapportant ce qu'elle avait gagné, des miettes pour ainsi dire, afin de nourrir sa marmaille.

Parfois, lorsqu'elle était moins fatiguée, qu'elle avait l'âme plus joyeuse et l'humeur rieuse, elle se métamorphosait en petit rat d'opéra. Elle lançait haut la jambe, pointait le pied, devenait ballerine. Et n'avait de cesse que d'amuser la galerie.

L'ENNEMI À ABATTRE

Franchon était dans la baignoire. Pour une fois, elle trempait dans l'eau chaude en toute tranquillité. Aucune de ses sœurs n'était encore venue cogner rageusement à la porte pour avoir accès à la seule salle de bain de la maison, en la traitant d'égoïste ; même sa mère n'était pas intervenue. Elle était particulièrement ravie de ce moment de silence. C'est qu'elle n'était pas seule dans son bain : elle flottait en compagnie d'un homme formidable. Depuis que Franchon avait fait sa connaissance, quelques semaines plus tôt, Edmond Dantès, alias le comte de Monte-Cristo, ne l'avait pas quittée un seul instant. Il partageait ses repas, ses récréations, ses trajets en autobus, son lit, et maintenant sa baignoire. Elle avait failli, plus d'une fois, le laisser tomber dans l'eau. Le drame avait été évité de justesse. Elle aurait eu à attendre pendant une période interminable que le livre sèche pour connaître la suite des revirements incroyables du destin de cet homme qui la captivait comme aucun autre personnage ne l'avait fait jusque-là.

À huit ans, Franchon était tombée dans la lecture et ne s'en était jamais remise. Heureusement pour elle. Tant d'heures d'évasion, tant de découvertes sur ces gens qu'elle avait pu côtoyer au fil des pages et sur elle-même ! Elle avait vu quelques fois Mado, qui avait si peu de temps pour se reposer, prendre une heure pour se plonger dans la lecture d'un roman. Franchon se rappelait notamment avoir observé sa mère parcourant les pages de *Gatsby le Magnifique*, de Francis Scott Fitzgerald, qui semblait l'avoir touchée particulièrement. Mado encourageait ses filles à lire, et Franchon suivait cette recommandation à la lettre. Il y avait eu une période de son adolescence où elle était ailleurs, dans l'univers des livres ; elle vivait tout ce temps dans d'autres familles, souvent très différentes de la sienne. Certaines l'attiraient, d'autres l'amenaient à refermer le bouquin en lui faisant réaliser qu'elle était bien là où elle était. Mais l'histoire du comte de Monte-Cristo, qu'elle lirait et relirait tant de fois, la bouleversait, sans qu'elle sache pourquoi. Cet homme qui avait tout – fiancée, père aimant, richesse, noblesse – et qui avait tout perdu à cause de manigances orchestrées par ses « amis », qui était jugé puis emprisonné sur l'île d'If, pour ensuite réussir à s'échapper, grâce à un subterfuge ingénieux mais au péril de sa vie, pour finalement retrouver, après bien des aventures, fiancée, noblesse et richesse !

Franchon n'avait pas d'épée pour se défendre, n'avait mis la main sur aucun trésor pour l'aider dans ses démarches, ne savait pas comment elle s'y prendrait, mais elle voulait tenter le coup. Edmond Dantès avait transformé son destin, pourquoi n'arriverait-elle pas à une prouesse pareille à celle du comte ? Elle allait changer les choses dans la vie de sa mère. Mais le découragement la prenait aussitôt. Il y avait tant de torts à redresser : obtenir que son père revienne à la maison, faire renaître en lui des sentiments amoureux, trouver de l'argent pour que sa mère arrête de travailler tout le temps, dénicher un appartement plus grand, offrir à Mado la possibilité d'une vie digne de ses talents et la voir heureuse, enfin ! Quand on a dix ans, on fait ça comment ? On a beaucoup d'imagination et peu de pouvoir. On n'a que deux petits bras pour aimer, deux grands yeux qui voient tout et un cœur qui perçoit la tristesse à dix mille lieues à la ronde sans réussir à faire quoi que ce soit. Dans les faits, on ne peut pas accomplir de grands gestes quand on est une fillette. Et les menus gestes s'avèrent inutiles.

Ce jour-là, Franchon était restée à mijoter dans la baignoire avec le comte de Monte-Cristo et à croire en l'impossible. Elle ne savait que ressentir les choses, avoir mal pour sa mère, et découvrir sa totale impuissance face à la détresse de cette dernière.

À d'autres instants, se sentant forte de ce que lui avait inspiré le héros du roman, Franchon mettait de côté sa lecture et partait en guerre contre le malheur qui s'abattait sur Mado. Armée de façon quelque peu dérisoire, elle se transformait en clown pour faire diversion ; elle inventait les blagues les plus stupides, empruntait les grimaces les plus ridicules pour faire fuir l'adversaire. Dans ces moments, elle faisait rire tout le monde. Même sa mère, qui pourtant protestait devant les singeries de sa fille, imitations qui faisaient s'esclaffer ou tomber littéralement au bas de leur chaise ses sœurs qui demandaient grâce. Franchon aussi riait. Et elle se sentait bien, non parce qu'elle avait un auditoire qui n'en finissait plus d'apprécier ses blagues, mais parce qu'elle avait réussi à changer l'atmosphère, à faire oublier la situation familiale pour quelques heures. Sa mère pinçait les lèvres pour tenter d'afficher un air sérieux en suppliant sa fille d'arrêter parce que le repas serait gâché. Difficile d'avaler lorsqu'on a la bouche pleine de rires ! À chaque séance de défoulement, la troisième des filles, qui s'étouffait toujours, allait calmer sa toux dans les toilettes. Mais les « Ça suffit, ça suffit là », que Mado essayait de prononcer au prix de bien des efforts, n'avaient aucun effet sur Franchon, qui continuait de plus belle en voyant sa famille si heureuse. Sans le vouloir, elle faisait revivre le temps où son père était parmi elles et avait coutume de raconter des blagues de commis voyageur. Les pitreries de Franchon faisaient mouche à tout coup, et l'ennemi, déguisé en malheur permanent, était terrassé dans l'hilarité générale. Il abdiquait et se retirait, la queue entre les jambes, sans demander son reste. Franchon regardait sa mère, belle, radieuse à nouveau, et se faisait la promesse de ne jamais déposer les armes.

Les départs

Les cinq filles de Mado, les petites comme les grandes, devaient vivre souvent loin de leur mère. Il le fallait bien. Depuis que leur papa avait quitté la maison, chaque départ était un déchirement. Combien de larmes retenues, combien de sanglots refoulés, combien de fuites précipitées vers la salle de bain pour éponger ou camoufler ces énormes chagrins qu'elles voulaient cacher à leur petite maman ! C'était déjà assez pénible pour elle, il ne fallait pas ajouter à sa tristesse. Il y avait eu les séparations pour le pensionnat, celles qui les menaient vers la famille qui les accueillait durant l'été et, plus tard, les départs vers la colonie de vacances. Les premiers éloignements étaient les plus douloureux. Les grandes quittaient la maison pour le couvent de Neuville tandis que les petites étaient conduites à celui de Loretteville. À cette époque, les filles ne revenaient pas chaque fin de semaine à la maison. Elles prenaient le chemin du pensionnat en septembre, en sortaient pour un bref congé à la Toussaint, poursuivaient la session d'automne et ne rentraient que pour les vacances de Noël. Après la fête des Rois, elles repartaient vers leurs collèges respectifs, où elles attendaient avec impatience le trop court congé de Pâques. Puis elles terminaient l'année, enfermées, comme elles le disaient, jusqu'aux grandes vacances d'été.

Il arrivait à Franchon et à ses sœurs de compter les jours, les heures, et même les secondes qu'il leur restait à faire dans leur couvent. Elles ne vivaient pas toutes l'éloignement de la même façon. Les grandes s'étaient fait des amies au pensionnat, tandis que les petites, en raison de leur jeunesse, avaient peine à supporter l'absence de leur mère. Lorsque les vacances tiraient à leur fin, longtemps avant le jour fatidique, l'atmosphère n'était plus la même à la maison. On avait beau essayer de l'oublier, les signes annonciateurs d'un départ imminent se multipliaient. Il y avait tout ce lavage et ce repassage à faire. Cinq petites filles, cela fait beaucoup de vêtements à entretenir. Le linge propre s'empilait au fur et à mesure au fond des valises qu'on avait sorties de leur cachette. Mado s'assurait que toutes les étiquettes qu'elle avait pris soin de coudre sur chaque pièce de vêtement, à la fin de l'été, en prévision de la rentrée, avaient tenu bon malgré les nombreux lavages. Sinon il fallait les recoudre, et les grandes étaient mises à contribution. Leur mère en profitait également pour vérifier l'état des camisoles, des culottes et des grands bas de coton qui avaient souvent besoin d'être reprisés. Les filles rechignaient bien à la tâche mais n'y échappaient pas, car Mado disposait de peu de temps après sa journée de travail au salon de coiffure pour exécuter cette corvée. Franchon inspectait, avec minutie, l'assemblage des longs bas qu'elle jugeait toujours mal assortis, ce qui l'avait conduite, plus petite, à faire de violentes crises, refusant même d'aller à l'école lorsqu'elle tombait sur un bas orphelin de son jumeau identique. Pourtant, les paires qui n'avaient pas reçu l'aval de Franchon affichaient seulement de subtiles nuances de beige à peine plus rosé ou tirant sur le brun pâle.

Autre examen important : l'état des porte-jarretelles de coton. Il fallait s'assurer que les boutons de caoutchouc qui retenaient les bas à l'aide d'une attache en métal étaient bien en place ; certains avaient tendance à disparaître à cause des lavages successifs et des nombreuses manipulations. Sans cette pièce, les bas glissaient, ce que ne toléraient pas les religieuses. Pour dépanner, la « cenne noire » faisait heureusement office de bouton de remplacement !

Lorsque le dimanche déclinait vers la fin du jour, les « mottons » dans la gorge augmentaient, l'émotion s'emparait de toutes. Le cérémonial d'avant les départs n'a jamais varié d'un iota au fil des années. Une fois les valises prêtes, en attendant le parrain de Franchon qui venait les chercher à sept heures précises, leur mère leur servait un bon souper, histoire de les gâter une dernière fois avant qu'elles ne connaissent la nourriture souvent insipide du pensionnat. Pour passer le temps avant le départ, il y avait à la télévision de quoi capter leur attention. La série *Guillaume Tell* en alternance avec *Robin des Bois*, les émissions de Walt Disney et *Papa a raison* contribuaient grandement à consoler les filles de Mado. Elles s'occupaient l'esprit, s'identifiaient aux personnages et retenaient les leçons de vie de ce papa qui avait toujours raison, quoi qu'il arrive ! Et si par hasard Walt Disney diffusait un dessin animé au lieu d'un documentaire animalier, leur bonheur était complet. La fin de l'épisode de *Papa a raison* mettait un terme aux vacances ; l'heure était venue de partir. Les filles s'engouffraient dans la voiture de leur oncle, avec leur mère. La route n'était pas très longue, hélas. On mettait peu de temps à se rendre dans le petit village de Neuville, situé à une trentaine de kilomètres de la maison. Certains dimanches, l'une des filles avait plus de difficulté à supporter ce qui l'attendait. Il fallait, à ce moment-là, user de beaucoup de doigté pour faire passer la pilule, mais Mado savait comment s'y prendre. Des petits cadeaux remis en cachette des autres, une lettre de réconfort à lire seule au dortoir... Elle avait toujours réussi à faire accepter toutes ces séparations.

Et la vie du pensionnat reprenait ses droits. Les filles perdaient leur mère jusqu'aux prochaines vacances, mais retrouvaient leurs amies et replongeaient dans leurs études. Dans le noir du grand dortoir silencieux, Franchon et ses sœurs pensaient bien sûr à leur mère qui repartait vers la maison, qui devait soudain lui sembler bien vide. Avait-elle beaucoup de chagrin de ne plus voir ses filles pour un long moment ou au contraire était-elle soulagée de pouvoir enfin profiter d'un grand calme réparateur et d'un repos bien mérité ? Franchon ne l'a jamais vraiment su. Elle n'ignorait pas que le travail de sa mère occupait une partie importante de sa vie. Mais lui restait-il malgré cela du temps juste pour elle ?

Mado avait décidé, malgré sa situation financière précaire, que l'éducation de ses enfants était primordiale. D'où l'idée des collèges privés. Les filles y étaient pensionnaires, ce qui leur évitait d'être laissées à elles-mêmes une fois l'école terminée. Elle ne voulait pas qu'elles traînent n'importe où, restent sans surveillance ou négligent leurs leçons et leurs devoirs. Le pensionnat était donc l'idéal. Franchon soupçonnait sa marraine et son parrain, quoique tout le monde ait été très discret à ce sujet, d'avoir grandement aidé Mado sur ce chapitre. Sans leur apport financier et la somme de travail qu'accomplissait Mado, les filles n'auraient jamais pu fréquenter ces collèges.

Lorsque l'été arrivait, pas question que les cinq sœurs soient seules pendant que leur mère allait travailler. Mado avait trouvé une famille qui prenait en pension des enfants pour les vacances, composée de la mère et de ses trois filles célibataires : « grand-maman », Marianna, qu'elles appelaient « tante Nana », Jeanne et Aurore. Cette dernière était assez étrange et faisait un peu peur aux cinq sœurs. Le rang Saint-Ange, où se trouvait la maison de tante Nana, leur semblait au bout du monde, alors qu'il était situé à L'Ancienne-Lorette. Franchon était heureuse de passer du temps à la campagne. La demeure était isolée au milieu de grands champs où les vaches broutaient, il y avait une « track » de chemin de fer où elle aimait regarder passer les trains, et surtout une vieille grange remplie de foin qui servait à abriter leurs jeux. Les grandes et les petites revenaient en ville avec de belles couleurs, le teint frais, et quelque peu remplumées. La cuisine du pensionnat ne faisait pas beaucoup grossir, tout le contraire de celle de la maisonnée du rang Saint-Ange, avec son pain de ménage chaud, saupoudré de sucre d'érable et de crème, ses légumes du potager et ses petits fruits que les enfants allaient cueillir. Ce séjour en campagne, c'était aussi de grandes journées à « s'épivarder » au grand air, à découvrir la nature, en étant enfin ensemble. Et Mado venait leur rendre visite, tout comme elle le faisait régulièrement au pensionnat.

Franchon aimait ce style de vie, en fin de compte. Le meilleur des deux mondes. Mais toutes les sœurs ne pensaient pas ainsi. Certaines en ont gardé un souvenir amer, même si Mado ne tentait que de faire pour le mieux.

Après la pension du rang Saint-Ange, une autre fille de cette famille avait accueilli Franchon et sa sœur aînée. Elles y avaient connu un rythme tout à fait différent puisque la ferme abritait un énorme poulailler où elles devaient, à l'occasion, prêter main-forte. Leurs premières expériences à déplumer les volailles resteraient à jamais gravées dans leur mémoire !

Puis elles avaient grandi. Mado était persuadée qu'il fallait plus que cette pension à la campagne pour que ses enfants s'épanouissent. Elle avait dû trouver, une fois de plus, une solution. Grâce au curé de la paroisse Saint-Jean-Baptiste, elle avait fait la connaissance de membres du Club Richelieu de Québec, organisme qui dirigeait une colonie de vacances au lac Saint-Joseph pour les familles à faible revenu. Les enfants de Mado y sont allées quelques années. Franchon y est même retournée deux fois à titre d'assistante-monitrice. Elle avait passé son brevet de natation et y enseignait ce sport, organisant, à l'occasion, des représentations théâtrales avec les enfants, et le soir les réunissant autour du feu de camp pour leur proposer de longues histoires de son cru. Même si ses sœurs et elle étaient réparties dans des groupes différents, Franchon aimait ces étés passés à découvrir le nom des étoiles, à cueillir des champignons, à capturer des papillons, à survivre en forêt, à chanter devant de grands brasiers et à nouer des amitiés. Elle a souvent remercié sa mère, secrètement, de s'être séparée d'elle pour lui permettre de voler de ses propres ailes et de s'ouvrir à un monde autre que celui de la ville.

Une seule fois, Franchon a été très en colère contre sa mère à propos d'un séjour. Cette année-là, comme à l'accoutumée, il avait fallu tout préparer avant le grand départ pour les vacances. Il y avait des vêtements partout dans la maison, prêts à être repassés ou encore sur le point d'être étiquetés. Partant pour tout l'été, les filles ne devaient rien oublier d'inclure dans les sacs à dos : crème solaire, lotion antimoustique, livres, couteaux et lampes de poche… L'atmosphère était à la joie : on partait « en colonie ». Et puis le téléphone avait sonné. L'une des sœurs avait répondu. C'était le curé de la paroisse Saint-Jean-Baptiste qui ne comprenait pas pourquoi les filles de Mado ne s'étaient pas présentées au départ de l'autobus. Leur mère s'était trompée de jour ! Encore une fois, le parrain de

Franchon était venu à la rescousse pour emmener toute la famille au lac Saint-Joseph. Franchon trouvait que, décidément, sa maman ne faisait pas les choses comme les autres mères. Comment avait-elle pu oublier cette date pourtant inscrite au calendrier, placé bien en vue sur le réfrigérateur ? Tout le monde les montrerait du doigt et voudrait savoir pourquoi elles avaient raté le bus. Aujourd'hui, Franchon reste persuadée que, pour se faire pardonner son étourderie, Mado avait dû inventer une excuse rigolote afin de protéger ses enfants contre d'éventuelles moqueries.

L'AMANT

La mère de Franchon s'apprêtait à sortir. Elle semblait fébrile. Elle avait changé plus d'une fois sa tenue, la trouvant tantôt trop élaborée, tantôt tout à fait ordinaire. Elle avait hésité pour les bijoux, mais le choix n'avait pas été difficile à faire puisqu'elle en possédait peu. Elle avait mis un certain temps à peaufiner son maquillage. Les filles la trouvaient particulièrement belle ; sa bouche bien dessinée comme un cœur rouge, la poudre rosée sur ses joues, ses yeux brillants entourés de mascara qu'elle avait appliqué soigneusement avec une petite brosse... Lorsqu'elle avait pris l'étrange outil pour les recourber, les grandes avaient détourné le regard. Cet instrument les effrayait un peu.

Mado avait l'air inquiète. Elle s'énervait pour un rien, contrairement à Franchon et à ses sœurs qui, elles, étaient ravies. Leur mère avait un rendez-vous galant. Enfin ! Par le passé, elles n'avaient guère eu la chance d'être témoins de ce type de sorties, puisqu'il n'y en avait jamais eu. Pour des petites filles ignorantes des choses de l'amour, il était impensable que leur maman, si jolie, si pleine de vie, si gentille, ne soit pas courtisée par un bel homme qui ne voudrait que son bonheur. Elles ne voyaient qu'une partie du tableau qu'offrait Mado, car cette dernière était libre et attirante, certes, mais est-on vraiment libre lorsqu'on est mère célibataire de cinq enfants ? Cette information avait de quoi faire fuir le plus entreprenant des hommes.

Peu avant son départ, Mado se confondait en explications au sujet de son rendez-vous. Il serait de courte durée, il se passerait en tout bien tout honneur, affirmait-elle. Un souper en tête-à-tête, peut-être également un verre dans un bar. Il était clair qu'elle rentrerait bien avant minuit. Les filles pouvaient aller dormir en toute tranquillité. Les aînées avaient entendu parler de l'homme que leur mère s'apprêtait à aller rejoindre. Il s'appelait Bud. Il était contracteur, habitait Toronto et était marié. « Très » marié. Mado avait fait sa connaissance par l'intermédiaire de Thérèse, une collègue devenue sa grande amie. C'était à l'occasion du *party* du Curling Club qui avait lieu chaque année au château Frontenac. Aux dires de l'aînée, qui semblait en savoir davantage que Franchon et ses autres sœurs, Bud était un homme fidèle. Il aimait bien la compagnie de Mado puisqu'il lui téléphonait chaque fois qu'il venait à Québec. Ils allaient manger au restaurant, comme ce soir-là, et il leur arrivait parfois de faire des courses en prévision de Noël. Mado l'aidait dans son choix de cadeaux pour ses enfants et sa femme.

Mais les grandes rêvaient de quelque chose d'autre pour leur mère. Elles avaient bien senti qu'elle n'était pas indifférente au charme de ce monsieur qu'elles ne connaissaient pas, et elles faisaient tout pour l'encourager à aller à ce rendez-vous, même de courte durée. Elles étaient sûres que le cavalier de Mado était gentil ; elles savaient qu'il avait pas mal d'argent – leur mère le leur avait dit –, donc il pourrait la gâter. Pourquoi y allait-elle presque à reculons ? Agissait-elle de la sorte pour s'excuser de désirer quelqu'un, elle qui était restée sans homme depuis le départ de leur père ? Pour se justifier auprès de ses filles, comme si le fait d'avoir un amant l'empêcherait de continuer à être une bonne mère ? Les filles voulaient plus que tout qu'elle soit heureuse, pour une fois. Alors elles la poussaient à profiter de ce tête-à-tête.

Franchon n'avait pas entendu Mado rentrer ce soir-là. Avant de s'endormir, elle avait souhaité ardemment que sa mère passe au moins une nuit avec cet homme. Et lorsqu'elle l'avait revue le lendemain matin, elle avait retrouvé sa mère d'avant. Celle qui n'avait pas de rendez-vous galant, ni d'homme dans sa vie. Beaucoup plus tard, même après la mort de Mado, les filles discuteraient entre elles de ce mystérieux amant, comme elles continueraient à l'appeler. Elles n'ont jamais su, avec certitude, s'il s'était passé quelque chose entre leur mère et lui.

« Ma mère est une louve qui montre les crocs si on attaque sa meute »

Mado avait trente-deux ans lorsque son mari a pris la poudre d'escampette. Elle se retrouvait toute seule, sans protection, avec ses cinq petites. L'aînée avait huit ans, et le bébé, quelques mois à peine. Franchon allait avoir sept ans. Sa nouvelle meute, comprenant seulement ses louveteaux, était désormais tout ce qui importait pour Mado. Elle ne vivait plus que pour eux. Jamais on ne l'entendait pleurer parce qu'on l'avait blessée, meurtrie. Elle léchait ses plaies en silence, dans son lit, le soir, lorsque les petites étaient endormies. Elle a appris à résister et à se battre. La gueule ouverte, montrant ses crocs à qui voulait s'en prendre à ses filles, elle était prête à les protéger au péril de sa vie.

Elle n'était jamais très loin, même lorsqu'elle devait aller gagner de quoi les nourrir. Elle les avait toujours à l'œil, les observant à distance raisonnable, veillant à ce que rien ne leur manque. Tout au long de sa vie, elle les a gardées au chaud dans son giron. En bonne louve, elle leur a enseigné à se défendre, à subvenir à leurs besoins, à devenir indépendantes. Elle a tout fait pour que ses petites sachent se débrouiller dans la vie et pour qu'elles connaissent l'essentiel à ses yeux: comment survivre. Comment se tenir debout, faire face et aller de l'avant. Les filles ont appris très tôt à affronter leurs peurs, à foncer. À mesure qu'elles grandissaient, Mado les a munies d'une armure solide qui les protégerait de tous les dangers. Cette cuirasse, trempée dans l'humour, maintenait cachés, tapis à l'intérieur, les peurs, les doutes, les peines. Le bouclier par excellence: rien ne sortait, mais rien n'entrait non plus.

Et lorsqu'un soir, brisée de fatigue, harassée par tant de soucis, Mado a baissé légèrement sa garde, elle n'a pas vu la mort s'approcher sournoisement. Son premier réflexe a été de répéter inlassablement le prénom de ses filles comme pour les avertir, une dernière fois, qu'un terrible danger les menaçait. Là encore, elle a lutté avec l'énergie du désespoir. Elle a tenu bon douze jours, se battant autant qu'elle le pouvait, cherchant l'air qui lui redonnerait ses forces, s'agitant dans tous les sens pour reprendre pied. Mais l'ennemi était plus fort qu'elle, plus perfide que tout ce qu'elle avait affronté au cours de sa vie; sa pauvre petite armure ne la protégeait plus de rien. La bataille était perdue d'avance.

Elle avait cinquante-deux ans. Elle avait tenu sa meute à bout de bras pendant vingt ans. Vingt ans, c'est peu pour voir grandir ses filles et les préparer à se débrouiller seules. Elle ne s'est même pas plainte lorsque la mort a répandu la noirceur dans sa tête et déchiré son cœur. Elle s'est laissée glisser doucement, au petit matin, avec le prénom de ses filles encore sur ses lèvres.

La trahison

À l'époque où les filles de Mado étaient encore pensionnaires, les plus grandes ont fréquenté le collège Mérici, tenu par les Ursulines. Il était situé sur la Grande Allée, à quelques rues à peine de l'appartement de l'avenue Belvédère, où la famille demeurait. La vie au collège était plus souple qu'au pensionnat de Neuville. Et la durée du séjour était également plus agréable, puisque les cinq sœurs pouvaient sortir toutes les fins de semaine.

Les filles qui étudiaient dans ce collège de la haute société étaient, pour la plupart, issues de familles riches des beaux quartiers de Sillery ou de Sainte-Foy. Leurs pères étaient notaires, médecins, avocats, dentistes. Le père de Franchon n'exerçait qu'un métier de représentant de commerce, et il avait quitté la maison depuis belle lurette. Des parents séparés ou divorcés, ce n'était pas courant dans les années 1960. On ne parlait pas beaucoup de « ça ». Une famille désunie, c'était contraire à la tradition. Mado était une des rares mères à aller tous les jours au travail, et elle ne le faisait pas seulement pour occuper ses journées, comme certaines. Elle avait toujours travaillé, même du temps où Marc vivait avec ses filles et elle. Elle adorait son métier; il lui procurait un sentiment de liberté. Mais depuis le départ de son mari, son emploi impliquait une tout autre responsabilité puisqu'elle était devenue soutien de famille. Elle travaillait dur pour faire vivre son petit monde. Marc devait payer une pension alimentaire, mais il ne le faisait que rarement. Il avait toujours une raison pour s'esquiver. Pour bien montrer qu'il n'avait pas d'argent pour ses enfants, il avait coutume de retourner ses poches vides. « C'est tout ce que j'ai », disait-il à ses filles, trop jeunes pour mesurer l'ampleur de sa ruse. Tantôt il était malade ou hospitalisé pour un examen complet, tantôt il promettait de doubler la somme le mois suivant, mais Mado ne voyait jamais la couleur de l'argent. Et les lois n'étaient pas aussi sévères qu'aujourd'hui. Les revenus de Mado ne permettaient pas à ses filles de vivre dans les plus beaux quartiers de Québec, seulement de fréquenter les bons collèges pour y recevoir la meilleure éducation possible.

Lorsque Franchon et ses sœurs étaient en classe, vêtues de leur uniforme marine à chemisette blanche, la différence de moyens ne se faisait pas sentir. Quand elles en sortaient le vendredi soir pour rentrer à la maison, c'était une autre histoire. Parmi les voitures rutilantes qui stationnaient devant le grand escalier de pierre, quelques-unes étaient des modèles sport, certaines, décapotables, mais la plupart étaient des berlines de couleur sombre, classiques, très chics. Les filles de Mado avaient en main leur billet pour prendre les autobus qui les mèneraient jusque chez elles. D'abord, un premier autobus sur la Grande Allée, puis, grâce à une correspondance, un second pour descendre l'avenue Belvédère jusqu'à leur immeuble à appartements. Leur mère ne possédait pas de voiture et n'avait surtout pas le temps de venir les chercher au collège. Les filles auraient pu faire le trajet à pied, mais leur valise bourrée du linge sale de la semaine, à laquelle venait s'ajouter le poids du sac d'école, les en empêchait. Et pas question de prendre un taxi : le trajet était trop court et le prix de la course, trop élevé.

Franchon s'était fait beaucoup d'amies au pensionnat. Elle était de nature agréable, passablement boute-en-train, et se liait facilement d'amitié. Même si on ne vient pas du même milieu que les autres, il est rare, à treize ans, de ne pas pouvoir se faire de copines. Certaines l'avaient invitée quelques fois chez elles, mais elle avait toujours décliné leur offre. Elle ne se sentait pas à l'aise dans un milieu qui n'était pas le sien. Et elle s'était arrangée pour que ses copines ne viennent pas chez elle non plus. Lorsque, le vendredi soir, à la sortie du pensionnat, ses amies ou les parents de celles-ci lui proposaient de la déposer devant chez elle, elle trouvait un prétexte quelconque pour refuser : elle attendait une de ses sœurs qui ne saurait tarder ou sa mère était en route pour venir la prendre. Mais un vendredi soir, malgré les refus polis et les arguments mensongers, elle n'avait pu refuser l'offre insistante du papa de sa meilleure amie. Elle s'était donc retrouvée sur le siège arrière de la voiture, sa petite valise à ses pieds et son sac d'école sur les genoux, le cœur battant à tout rompre. Le papa posait toutes sortes de questions à Franchon : quelle était sa matière préférée ? Quel métier souhaitait-elle exercer plus tard ? Que faisaient ses parents ? Heureusement, sa copine l'avait tirée d'embarras en mettant fin à l'interrogatoire.

Lorsque Franchon avait dû demander au conducteur de tourner à droite sur l'avenue Belvédère, elle avait compris que son secret serait bientôt connu. On allait découvrir où elle demeurait. Un simple immeuble à appartements situé au début de la côte Pen-Mass, qui portait le nom de « Pente Douce » lorsqu'elle s'allongeait jusqu'à la Basse-Ville. La ville de Québec est divisée entre la Haute-Ville, où vivaient les plus nantis, et la Basse-Ville, beaucoup plus populaire et moins aisée. À l'époque, la bourgeoisie de la région avait toutes sortes de préjugés contre cette partie de la ville, comme il en existe un peu partout, quand certains regardent volontiers de haut ceux qui habitent plus à l'est ou plus bas que leur voisinage. L'appartement de Mado et ses filles se situait à la limite : pas vraiment dans la Haute-Ville, ni complètement dans la Basse-Ville.

À treize ans, les filles n'échappaient pas à cette conception du monde. Aucune d'entre elles n'avait envie d'être montrée du doigt et d'attirer l'attention. Ni pour sa différence, ni pour son apparence. Elles aimaient bien se fondre dans la masse, faire partie du groupe. Franchon gardait donc secrètes la manière de vivre de sa « famille divorcée », leur précarité financière et la vision peu orthodoxe que sa mère avait de la vie. Une mère folichonne qui sortait des placards en dansant et en chantant à tue-tête, il n'en existait pas beaucoup, à sa connaissance. Une mère qui n'était pas veuve, mais qui n'avait plus de mari, cela faisait jaser. Une mère qui ouvrait sa maison à des homosexuels avec qui elle travaillait, à des Noirs, alors qu'il s'agissait d'une rareté dans cette ville, et à des filles qui exerçaient le métier de *waitress*, c'était plus que douteux. Franchon n'en connaissait qu'une qui accumulait tous ces « travers », et c'était la sienne. Non pas qu'elle en eût honte ; elle appréhendait tout simplement la réaction de ses amies à cette différence.

Ce vendredi-là, Franchon ne savait pas quoi faire. Lorsqu'elle avait indiqué au papa de sa copine d'arrêter la voiture, elle l'avait fait devant une petite maison située sur la partie supérieure de l'avenue Belvédère. La partie la plus élégante. Elle passait souvent devant cette demeure et la trouvait fort jolie. Et quand sa camarade lui avait demandé gentiment si la maison en question – bleu lavande à volets blancs – était bien la sienne, elle avait répondu sans la moindre hésitation qu'effectivement c'était à cet endroit qu'elle vivait.

Une fois sur le trottoir avec sa valise et son sac d'école, tout en saluant de la main la voiture qui s'en allait vers Sillery – la « crème de céleri », comme on disait à l'époque –, elle s'était sentie fière de son invention. Elle avait même fait quelques pas dans l'allée, en direction de la maison. C'est après qu'elle avait compris ce qu'elle venait de faire. Elle s'en voulait d'avoir été si lâche et espérait de tout son cœur que sa mère n'apprenne jamais sa trahison. Car c'en était une. Franchon avait renié ses origines et, surtout, sa mère qui était si différente des autres et qui travaillait si fort pour leur donner le confort dans un appartement modeste, certes, mais qui n'avait rien d'un taudis, loin de là, et une éducation supérieure.

Ce jour-là, le coq n'avait pas chanté trois fois en haut de la Pente Douce, mais Franchon avait trahi la personne qu'elle aimait et chérissait le plus au monde.

Les rêves dans le placard

Comme chaque année, oncles, tantes, frères, sœurs, cousins et cousines étaient réunis chez la marraine de Franchon. C'était Lucette, avec Évariste et ses quatre garçons, dont étaient très proches les cinq filles de Mado, qui possédait la maison la plus appropriée pour recevoir la famille. Cela faisait beaucoup de monde. Les réunions de famille durant la période des fêtes étaient toujours attendues.

Lucette, qui était propriétaire d'un commerce de vêtements pour femmes, était très à la page. Elle se rendait régulièrement à Montréal pour les achats de sa boutique, fréquentait beaucoup de monde et savait recevoir ; elle suivait les tendances dans le domaine de la décoration et des réceptions. C'était l'occasion pour elle de mettre les petits plats dans les grands. Elle le faisait sans snobisme aucun. Elle adorait accueillir ses proches et partager ces plaisirs avec eux, et toute la famille était ravie de se retrouver dans cette belle maison chaleureuse située à Beauport. Franchon n'a pas de souvenirs d'être allée chez ses autres oncles et tantes pour des fêtes ou des réunions de famille. C'était chez Lucette que ça se passait. Dans l'appartement de Mado, il était impossible de réunir tant de personnes.

Chez cette tante, les filles ont fait la découverte de mets auxquels elles n'avaient jamais goûté : fondue au fromage, coq au vin, escargots au beurre à l'ail, pièces montées de profiteroles... Et des desserts plus « cochons » les uns que les autres, et des fromages qui venaient de France.

Toutes les fêtes chez la marraine de Franchon étaient des réussites. Il y avait une longue table pour les grands joliment décorée et des petites pour les enfants. On se régalait et on riait beaucoup. Le passage de la table des petits à celle des grands était un instant marquant pour tous les enfants.

Une fois le repas terminé, on s'empressait de tout ranger avant de se réunir au sous-sol, où se trouvait la salle de jeu, mais également un bar et un piano. Ces moments de célébration étaient l'occasion pour chacun de montrer ses beaux atours, de raconter le réveillon passé dans chaque famille, de faire étalage de sa liste de cadeaux et aussi de présenter l'éventail de ses talents.

Parmi les cousins et cousines, certains jouaient du piano. D'autres chantaient. Certains se faisaient tirer l'oreille, tandis que d'autres y allaient spontanément, avec aplomb. Les filles de Mado récitaient quelques comptines ou poèmes appris au pensionnat. Mado et son frère Jean s'installaient parfois au piano pour improviser un air ou chanter le succès du moment. Ils n'avaient jamais pris de leçon ni l'un ni l'autre, mais le résultat était impressionnant.

Cependant, le numéro le plus attendu, celui qui représentait le summum de la soirée, était toujours celui de Mado. Combien de fois, à Noël ou au jour de l'An, Franchon a vu sa mère émerger de derrière les portes d'un placard, un ruban et son chou sur la tête, imitant une célébrité en chantant et dansant aussi bien qu'elle ? Son répertoire tournait beaucoup autour de celui de Piaf. Mado avait une très belle voix, rocailleuse, chaude, grave, en partie attribuable à la cigarette.

Elle qui n'avait plus de mari, qui élevait cinq filles toute seule, qui travaillait d'arrache-pied incarnait magnifiquement cette petite femme malingre, vive, blessée et passionnée. Dans ces moments improvisés, la Môme, c'était elle. Elle chantait en mordant dans les mots, avec délectation. « Le ciel bleu sur nous peut s'effondrer... Peu m'importe, si tu m'aimes... » Mado chantait qu'elle se foutait du monde entier. Et on y croyait. Elle invitait Milord à s'asseoir à sa table... Parce qu'elle savait mieux que personne qu'« il fait si froid dehors, et qu'ici c'est confortable »... Elle se disait emportée par la foule qui nous traîne, nous entraîne...

En roulant les R comme le faisait Piaf, Mado demandait : « À quoi ça sert l'amour ? On raconte toujours des histoires insensées, à quoi ça sert d'aimer ? » Personne n'osait lui répondre, tous étaient envoûtés par sa prestation. C'est qu'elle y mettait du cœur. Et une partie de son âme.

Les cousins de Franchon raffolaient de ces spectacles impromptus. Ils répétaient à qui voulait l'entendre que Mado était folle, folle de cette folie qui enchante. Franchon ne savait pas trop quoi penser de ces exhibitions. Pourtant sa mère n'agissait pas sous l'effet de l'alcool, car elle buvait peu. Elle ne faisait honte à personne. Mais toute cette passion dans une si petite femme la troublait. Peut-être qu'elle aurait préféré une mère « normale », une mère qui reste à la maison, qui fait le ménage et des gâteaux, qui ne fait pas de vagues, et surtout qui ne se donne pas en spectacle.

Mais lorsque Franchon entendait Mado prononcer avec rage : « Non, rien de rien, non, je ne regrette rien... » elle savait au plus profond d'elle-même que sa mère était folle, certes, mais tellement vibrante, tellement passionnée. Tellement plus belle que toutes les autres femmes, peut-être plus sages, mais beaucoup moins flamboyantes.

Franchon a eu l'occasion plusieurs années plus tard de visionner la vidéo en noir et blanc d'une de ces performances, cadeau d'un cousin. À la vue de sa mère, elle a éclaté en sanglots. À cet instant, elle a compris que, outre le fait que Mado était talentueuse, elle avait été animée de grands rêves qui n'avaient pu voir le jour. Elle n'avait sans doute jamais voulu faire carrière, pas plus qu'elle n'avait exprimé de regrets, mais ce que Franchon avait découvert d'elle, à sa sortie d'un placard, laissait deviner tant de désirs inassouvis, d'envies réprimées, de rêves envolés...

« Ma Franchon »

« Ma Franchon… » C'était toujours ainsi que commençait la lettre ou le petit mot que Mado déposait sur l'oreiller de sa fille. Généralement, cela survenait après un accrochage, une dispute où l'incompréhension avait été reine. Éclats de voix, cris, insultes, larmes. Il y avait également des portes claquées. Chacune restait sur ses positions et n'envisageait pas d'en changer. Toute discussion devenait impossible. Et parce que le ton montait, parce que la discorde s'habillait de colère noire, que certains mots fusaient dans la furie du moment – mots, d'ailleurs, que l'on regrettait aussitôt qu'ils avaient fait mouche –, d'un geste Mado arrêtait la corrida en cours. C'était elle qui, la première fois, avait pris cette initiative. Elle avait compris que sa fille trop impulsive n'entendait plus rien dans ces circonstances, qu'elle se cabrait ou se butait en s'enfermant dans son monde sans avoir envie d'en sortir et que la discussion n'aboutirait à rien de bon. Calmement, Mado proposait à Franchon de laisser retomber la poussière et d'y revenir lorsque les esprits se seraient apaisés. Et le soir, Franchon trouvait invariablement sur son oreiller une petite enveloppe dont elle connaissait la provenance. Avant même de s'asseoir sur son lit pour en faire la lecture, elle savait que sa mère l'aimait.

Alors elle prêtait l'oreille aux arguments de celle-ci. Les mots avaient, dans ces moments-là, tout leur poids et tout leur sens, et ils se faisaient un chemin plus facilement vers la raison ou vers le cœur. Souvent, à la suite de la lecture d'une telle lettre, Franchon allait directement trouver sa mère pour s'excuser d'abord de son impétuosité et discuter sans s'emporter du problème qui les avait opposées plus tôt dans la journée. Parfois, lorsque la colère était encore trop présente, Franchon prenait le temps de s'asseoir à son bureau pour écrire ce qu'elle ressentait. Ainsi pouvait-elle choisir des mots plus modérés pour exprimer sa rage, sa frustration et son incompréhension. C'était une façon de faire qui leur appartenait à toutes deux. Il y a eu de nombreux billets bleus, roses ou encore blancs, sur lesquels on trouvait, tracés en lettres noires, les mots pour faire la paix.

Beaucoup plus tard, lorsque Franchon serait mère à son tour, elle ferait de même avec son fils devenu adolescent. Lors de ces nouveaux échanges épistolaires, Mado ne serait jamais très loin.

« MA MÈRE EST UNE POULE PAS DE TÊTE QUI N'ARRIVE PAS À SE PERCHER »

Il était difficile d'attraper Mado au vol. Elle était partout à la fois et nulle part dans les faits. Entre le travail au salon de coiffure, la lessive, le repassage, les courses, la couture, la cuisine, le ménage, l'aide aux devoirs, les départs pour le pensionnat et la colonie de vacances, les amis de passage, les demandes de tout un chacun, les bêtises des enfants, Mado courait dans tous les sens. Franchon avait rarement vu sa mère inactive. Couchée, écrasée morte, oui. Faisant le flamant rose en prenant son café, également. Mais assise à ne rien faire, jamais ! Elle n'avait pas le temps de voir ce qui se passait autour d'elle. Pourtant, elle y arrivait. Il n'y avait pas grand-chose qui lui échappait. Elle avait des yeux tout le tour de la tête et, lorsque vous vous y attendiez le moins, elle pouvait vous prendre en défaut. Étrangement, à d'autres moments, les choses semblaient se dérober à son attention.

Depuis sa tendre enfance, Franchon ne voyait pas très bien. Dans les premiers temps, Mado la qualifiait de « colleuse » puisqu'elle se tenait toujours très près des gens. « C'est une affectueuse », répétait sa mère. Lorsque Franchon lisait, et ça arrivait de plus en plus souvent, elle devait approcher ses yeux de son livre pour y voir clair. Elle était donc penchée en permanence. Sa mère passait alors près d'elle en coup de vent et lui redressait les épaules. «Tiens-toi droite.» Puis Mado continuait son chemin sans se rendre compte que Franchon redressait son dos selon ses recommandations, mais levait également son livre devant ses yeux, pour poursuivre sa lecture. Quand Franchon se levait précipitamment pour quitter une pièce, elle fonçait directement sur le cadre de la porte, faute d'une bonne vision. Sa mère avait alors cette réflexion : « Mon Dieu ! Qu'elle est énervée, celle-là ! » Lorsqu'elle revenait de l'extérieur, les genoux en sang à la suite d'une chute, Franchon se faisait reprocher son manque d'attention. « Quand on est dans la lune, on s'enfarge les pieds dans les *craques* du trottoir ! » Et Mado repartait aussitôt vers une autre de ses enfants qui la réclamait ou vers une tâche pressante.

Mado et les religieuses

La décision de Mado d'inscrire ses enfants au pensionnat n'avait pas dû être facile à prendre, mais s'était imposée après le départ de son mari. Ce mode de vie ne convenait pas à toutes ses filles; certaines supportaient le séjour au pensionnat sans trop rechigner, alors que d'autres avaient l'impression de se retrouver en prison. Mais leur mère arrivait toujours à vaincre les résistances. Lorsque l'une d'entre elles était indisciplinée, Mado, à bout de nerfs ou d'arguments, la menaçait de l'envoyer à l'école de réforme, un institut qui accueillait à cette époque les enfants réfractaires à toute autorité. Comme beaucoup d'enfants au Québec, Franchon et ses sœurs ont eu droit, à divers moments de leur vie, à ce chantage; les filles savaient toutefois que leur mère ne mettrait jamais sa menace à exécution.

Mado elle-même avait dû s'adapter à la nouvelle réalité de ses filles lorsqu'elles étaient entrées au pensionnat. Ainsi, quand ses aînées étaient revenues de leur premier séjour au couvent de Neuville, elle leur avait préparé une surprise. Leurs valises étaient à peine posées qu'elles découvraient sur leur lit une panoplie de vêtements d'été, tous plus colorés et affriolants les uns que les autres. Mado était ravie de leur montrer ses achats : des shorts, des bermudas et de jolies « robes soleil ». Devant le peu d'enthousiasme qu'affichaient les filles à la vue de ces cadeaux, elle avait voulu comprendre ce qui se passait. Les langues avaient mis du temps à se délier. Franchon et ses sœurs avaient fini par avouer. La veille, elles avaient fait dans la chapelle du couvent un serment à la Vierge Marie. La main sur le cœur, à genoux, elles avaient promis de ne pas porter de shorts ni de robes légères de tout l'été parce que, aux dires des religieuses, c'était une offense faite à Dieu, un manquement grave à la pudeur, un péché mortel. Mado avait su rapidement trouver les mots pour apaiser le zèle religieux de ses aînées. Elle avait expliqué à Franchon et à ses sœurs que les petites filles, l'été, avaient besoin d'exposer leur peau au soleil pour faire le plein des vitamines nécessaires à leur croissance, et qu'il fallait porter des vêtements appropriés pour y arriver. Elle avait ajouté, pour les faire rire – et elle avait réussi –, que si les « bonnes sœurs » voulaient à tout prix porter des longues jupes, des manches jusqu'aux poignets et des cornettes encombrantes, c'était leur choix. Avant de clore le sujet, leur mère avait dit prendre sur elle la responsabilité de briser leur serment et assumer entièrement sa décision de leur faire porter des vêtements légers. Elle était convaincue, hors de tout doute, que Dieu ne lui en tiendrait pas rigueur. Les fillettes avaient ainsi vécu un très bel été, légèrement vêtues, sans avoir l'impression de faire de la peine au Seigneur.

En une autre occasion, Mado avait « passé un savon » aux religieuses. L'incident était survenu lors de sa séparation d'avec son mari. Elle avait pensé qu'il était préférable d'en avertir les éducatrices. Les filles réagissaient jusqu'alors plutôt bien au départ de leur père. Mado leur avait expliqué que Marc se séparait d'elle, pas de ses enfants ; inutile de les perturber davantage en faisant une annonce officielle. Elle espérait seulement que les religieuses seraient plus attentives aux réactions de ses enfants quant à cette nouvelle situation. Or, après avoir été mises au courant, la première chose qu'elles s'étaient empressées de faire avait été de demander à toutes les élèves réunies pour l'étude du soir de prier très, mais alors là, très fort pour le papa des filles puisqu'il était gravement malade. Les têtes s'étaient tournées vers Franchon et ses sœurs, et les questions avaient fusé lors de la récréation : « Quoi ! Ton père est malade et tu ne m'en as pas parlé ! » « Qu'est-ce qu'il a, ton papa ? Est-ce qu'il va mourir ? »

Comme elles n'avaient pu se consulter avant « l'annonce », elles avaient répondu n'importe quoi : l'une avait dit que son père avait la leucémie, l'autre, qu'il avait un cancer, et Franchon, qu'il avait la tuberculose. Tout pour ne pas avouer la véritable raison de son absence. Le secret avait donc été éventé et tout le monde avait fini par comprendre que leurs parents s'étaient séparés. Lorsque Mado avait appris la bévue des religieuses, elle était entrée dans une sainte colère et avait pris rendez-vous avec la directrice. Son plaidoyer était sans équivoque. Si ces « dames de la congrégation » n'avaient pas manifesté autant de zèle à faire éclater au grand jour la séparation, personne n'aurait été mis au courant. Mado avait félicité ces « éducatrices » pour leur sensibilité et leur doigté ! Grâce à leur subtile intervention, elles avaient mis ses enfants dans une situation intenable, alors que les choses ne se passaient pas si mal, auparavant. Elle les remerciait également d'avoir humilié ses filles publiquement ! « Je les ai placées dans votre établissement pour leur apprendre la meilleure façon qui soit d'évoluer dans la vie. Dans mon livre à moi, avait-elle ajouté, ce genre d'épreuve n'est pas très formateur. » Les filles, sagement assises dans le parloir, avaient saisi une partie de la conversation entre la sœur supérieure et Mado. Elles avaient été fières de la sortie de leur mère. Elles se savaient défendues.

Mais Mado ne leur donnait pas toujours raison. Lorsque Franchon était punie pour bavardage, ou que l'une d'elles avait mérité son pensum, elle ne levait pas le petit doigt. Elle n'intercédait que lorsqu'elle trouvait que les religieuses dépassaient les bornes.

Les filles, quant à elles, essayaient de bien se comporter, mais les règlements particulièrement sévères du pensionnat leur compliquaient la tâche. Lorsqu'elles ne terminaient pas leur assiette au réfectoire, les religieuses obligeaient les élèves à payer ce qu'elles s'apprêtaient à jeter à la poubelle. Elles faisaient allusion, bien sûr, aux pauvres enfants d'Afrique qui n'avaient rien à manger, mais également à leur pauvre maman qui travaillait si fort pour leur offrir la cantine. Au moment de la visite dominicale, les filles devaient réclamer cet argent à leur mère et, au lieu de donner la vraie raison, elles évoquaient plutôt un cahier ou des crayons à payer. Puis elles allaient à confesse. Un jour, l'une d'elles avait tout avoué à leur mère. Mado n'avait pas mâché ses mots lorsqu'elle s'était adressée aux religieuses : c'était une honte de réclamer l'argent des pommes de terre laissées dans l'assiette alors que les repas avaient déjà été payés en début d'année. Où était la logique ? Pourquoi payer deux fois ?

Malgré tout, Mado entretenait de bons rapports avec les religieuses, sauf en une autre circonstance où l'argent avait été en cause. Les filles étaient en vacances à la maison. La sœur économe avait téléphoné à leur mère pour lui faire part du retard dans le paiement des frais de la pension. Mado avait beau expliquer sa situation difficile, elle avait beau promettre de payer dans les plus brefs délais, la religieuse n'en démordait pas. Si le montant ne lui parvenait pas dans les jours qui suivaient, les filles ne pourraient pas réintégrer le collège après le congé. Ces dernières avaient assisté au débat téléphonique entre la « bonne sœur » et leur mère. À bout d'arguments, Mado avait invoqué la charité chrétienne dont devaient obligatoirement faire preuve les religieuses, puis avait conclu : « Vous, vous portez votre croix dans le cou, tandis que moi, je porte la mienne sur les épaules. » Ce genre de répartie, cela ne s'oublie pas !

La toute première fois

Lorsque Franchon était arrivée devant la porte de l'appartement sur l'avenue Belvédère, il était déjà plus de quatre heures du matin. Elle avait inséré sa clé avec précaution pour éviter de faire trop de bruit, puis tourné délicatement la poignée de la porte, qui s'était ouverte sans grincer. Se faufilant à l'intérieur, elle avait déposé ses clés sur le meuble de l'entrée et suspendu son sac à main au crochet sur le mur. Enlever ses bottes prenait un certain temps, mais elle s'interdisait le moindre mouvement brusque. La chambre de sa mère se trouvait juste à côté et Franchon ne voulait surtout pas la réveiller. Elle ne pourrait alors se soustraire au regard noir que Mado affichait lorsqu'il était temps de sévir. Mais, à cet instant, elle n'en avait cure. Ce qu'elle venait de vivre l'habitait encore tout entière. Elle espérait ne croiser personne. Il faut dire qu'à cette heure avancée de la nuit la chose était peu probable. Mais dans cette famille où rien ne se passait comme ailleurs, on ne savait jamais.

Franchon avait croisé son propre regard dans le grand miroir au-dessus du bahut. Un sourire avait glissé sur ses lèvres. Elle avait le teint blafard de ceux qui n'ont pas beaucoup dormi, de petits cernes bleus se dessinaient sous ses yeux. Sa peau était presque transparente, mais ses joues étaient en feu, tout comme ses lèvres. Et que dire de ses longs cheveux qui allaient dans tous les sens… ébouriffés, électrisés ! Quelques épingles s'accrochaient ici et là dans sa chevelure ; son chignon n'était plus qu'un vague souvenir. Franchon se mordait la lèvre inférieure pour s'empêcher de rire. Malgré son allure désordonnée, elle se trouvait belle, lumineuse. Les frissons auxquels elle avait goûté cette nuit-là parcouraient encore et encore sa peau. Une vague de chaleur avait envahi son sexe, un instant. Elle s'était accrochée au rebord du meuble contre lequel elle se tenait. C'était terminé, elle ne pourrait plus jamais s'endormir. C'était donc ça, jouir !

Puis elle avait pris conscience du lieu où elle se trouvait, s'était dirigée vitement, toujours sans faire le moindre bruit, vers sa chambre, au bout du couloir. En face d'elle, la salle de bain, à droite, la cuisine, et à gauche, la chambre qu'elle partageait avec l'aînée de la famille. La porte était entrebâillée ; elle l'avait poussée doucement. Sa sœur dormait dans le lit près de la fenêtre, sous une montagne de couvertures. Et puis quelque chose d'étrange avait capté son attention. Son lit était défait. Les couvertures étaient tirées, exactement comme si quelqu'un y avait passé la nuit, alors qu'elle était persuadée de l'avoir fait, la veille.

Elle s'était retournée prestement, sentant une présence dans la cuisine. Sa mère était là, assise à la table en face d'une tasse de café, et la regardait. Mado avait donc assisté à son manège pour se faire discrète. Impassible, elle avait invité sa fille à la rejoindre en mettant son doigt sur ses lèvres. Franchon s'était dit que sa mère voulait sûrement que ce moment de remontrances se fasse sans témoins. Elle n'allait tout de même pas y échapper. Mado s'était levée de sa chaise, avait pris une tasse dans l'armoire et entrepris de verser un café à sa fille sans rien dire. Cette dernière s'était assise. Elle n'en menait pas large.

Mado avait toujours eu une façon particulière de faire preuve d'autorité. De petite taille, il lui était difficile d'en imposer, même à ses filles adolescentes. Ce regard noir, ces yeux intenses étaient sans appel. Ils se passaient souvent de paroles. Les filles ne pouvaient que baisser les yeux et admettre silencieusement leurs torts. Mais là, il se produisait quelque chose d'inhabituel. Franchon trouvait sa mère trop calme, ses yeux, trop doux.

— C'est moi qui ai défait ton lit, lui avait-elle dit posément. Ce n'est pas nécessaire que les petites sachent que tu as découché.

— Je n'ai pas…

La fin de la phrase était morte dans la bouche de Franchon. Elle avait plutôt demandé à sa mère si cela faisait longtemps qu'elle était levée, puis avait avalé sa salive en attendant la réponse. Le pire était encore à venir.

Pour toute réponse, Mado lui avait dit qu'elle expliquerait aux autres filles qu'elles s'étaient toutes les deux réveillées très tôt et avaient décidé de prendre leur café ensemble.

Mado en avait servi une tasse à sa fille et s'était rassise en face d'elle. Franchon, malgré son manque de sommeil, tentait de décoder l'attitude de sa mère. À toujours courir contre la montre, celle-ci était d'habitude plutôt nerveuse, expéditive et efficace, sans manifester beaucoup de douceur, même. Pourtant, à cet instant, elle regardait sa fille avec une expression étrange. Était-ce de la tendresse ?

Alors Mado avait commencé à lui parler d'amour. Des gestes, à la fois tendres et fous, qu'on fait. De ceux qu'on peut regretter. De la fougue qu'on y met, de la tête qu'on perd pour un instant de folie. De la protection qui existe lorsqu'on est en âge d'avoir un enfant. Elle lui avait dit qu'il fallait se protéger, non pas de l'amour, parce que c'était magnifique, mais des conséquences qui pouvaient en découler. Aucun reproche dans ses propos, aucune animosité. De la tendresse, oui.

Franchon avait seize ans et était amoureuse. Mais il lui fallait quand même faire attention. Ce serait dommage de gâcher toute une vie pour un moment de bonheur. Est-ce qu'ils faisaient attention ? demandait Mado. Est-ce qu'elle protégeait son petit cœur aussi ?

Franchon n'arrivait pas à toucher à son café. Elle était estomaquée. Sa mère prenait du temps avec elle pour parler de ce sujet délicat ! Il n'y avait pas à dire, Mado était vraiment une féministe, aimante, protectrice. Franchon n'avait jamais pensé à elle en ces termes. Leur mère avait coutume de les mettre en garde contre tout. La prudence était de mise. Mais ça ! Comme ça ! Cette conversation, ce ton doux et enveloppant ! Franchon n'aurait pas cru la chose possible. Et lorsque Mado avait glissé sa main un peu rêche sur la joue encore brûlante de sa fille, cette dernière avait su que sa mère l'aimait. Vraiment.

Quelques années plus tard, lorsque Franchon raconterait à son groupe d'amies, lors d'une soirée qui amenait à faire de telles confidences, comment s'étaient passés les moments qui avaient suivi sa première nuit d'amour, elle constaterait que ce tête-à-tête était unique et que les mères, à cette époque, n'agissaient pas comme Mado l'avait fait avec sa fille. Lui dire à quel point l'amour était important et fragile, elle qui ne l'avait plus connu depuis des lustres, depuis le départ de leur père.

Le cadeau inutile

La discussion n'en finissait plus. Les arguments arrivaient les uns après les autres sans qu'aucune entente survienne. Le ton montait. Difficile de préparer une surprise dans ces conditions ! Difficile de s'engueuler en chuchotant ! La chicane avait bien failli éclater au grand jour. Mais aucune des sœurs ne pouvait aller se plaindre à leur mère du fait que les autres ne voulaient pas entendre raison, puisque la surprise en question lui était destinée.

— Moi, je débarque. Arrangez-vous avec vos troubles.

— Parfait ! D'abord, si c'est comme ça, on ne lui en donnera pas, de cadeau !

— Oui, mais alors on a ramassé tout cet argent pour rien ?

Des portes avaient claqué, et l'une des filles avait pleuré. Et voilà que tout était à recommencer. Pas facile de s'entendre à cinq ! Et de faire l'unanimité sur le choix d'un cadeau, surtout lorsqu'on n'a pas beaucoup de sous. Encore plus compliqué quand la personne à choyer a besoin de tout, et qu'on ne sait pas par où commencer pour combler en premier ses besoins, avant même de penser à satisfaire ses envies ! Le pire, c'est que leur mère n'en avait pas, de désirs, ou ne semblait pas en avoir. Elle n'avait que peu de temps pour s'arrêter à ceux-ci, ou alors ils étaient trop chers pour les maigres moyens de ses enfants. Elle réclamait fréquemment, et à grands cris, « la paix ». « Si je pouvais avoir un peu la paix, juste un petit peu de silence », disait-elle. Les filles de Mado avaient beau essayer d'être sages comme des images – ce qu'elles n'étaient pas souvent –, il était impossible de garder le moindre calme dans cette maison, avec un clan de fillettes aux demandes incessantes. Leur maman réussissait donc à avoir la paix la nuit, et encore ! Franchon était convaincue que sa mère trouvait difficilement le sommeil. Elle devait jongler avec tant de problèmes à régler. Ou peut-être tombait-elle dans le sommeil comme on plonge dans le coma. Mado réclamait aussi du repos, elle qui était si souvent fatiguée. « Laissez-moi dormir juste cinq petites minutes de plus », demandait-elle. C'étaient des heures et des heures de sommeil dont elle aurait eu besoin pour se renflouer ! Elle répétait qu'elle avait hâte d'être dans sa tombe pour se reposer enfin. Mais tout cela, la paix, le sommeil et le repos éternel, les filles n'auraient pas pu le lui offrir même si elles avaient été millionnaires.

Pourquoi cette fête des Mères avait-elle plus d'importance que les autres ? Jusque-là, les grandes et les petites s'étaient contentées d'une carte dessinée, d'un collage ou d'un bricolage quelconque, que leur maman recevait toujours les larmes aux yeux, ravie de leur grand talent. De deux choses l'une, pensait Franchon dans ces occasions : soit sa mère simulait très bien son enthousiasme, soit elle les aimait à la folie. Cette dernière accueillait de la même façon les cartes que les filles bricolaient pour la fête des Pères et qu'elles lui offraient avec un sourire complice. Mado était à la fois leur maman et leur papa. À l'approche de la fête des Mères, les filles avaient tenu un conciliabule dans la chambre des grandes, sachant Mado endormie pour une sieste avant le souper. C'était Loulou qui animait le débat, droit d'aînesse oblige. Bien sûr, il avait été question de lui offrir un de ces cadeaux utiles qui se rapportent à la cuisine ou à l'entretien de la maison. Les autres possibilités de présents que les filles suggéraient étaient plus coûteuses et les avis étaient partagés. De la poudre de riz ? Un bâton de rouge à lèvres ? Un vêtement de détente ? « Ben voyons, penses-tu vraiment que maman va se reposer ! » « Ou se gâter », ajoutait une autre, déclarant, par la même occasion, qu'il serait grand temps qu'elle le fasse. Un livre ou de la musique… pour celle qui ne prend que rarement le temps de s'asseoir ? Des pantoufles ? Mado préférait marcher pieds nus. Des fleurs ? Ça ne durait pas.

Franchon et ses sœurs avaient tendance à oublier que leur mère était une femme. Ou était-ce cette dernière qui donnait cette impression à ses enfants puisqu'elle n'en faisait pas de cas ? Depuis le départ de leur père, il n'y avait eu d'homme ni dans son lit ni nulle part ailleurs dans sa vie, si ce n'était au travail, où la plupart d'entre eux étaient gais. Il semblait n'y avoir que ses cinq grandes filles pour combler ce vide, ce dont celles-ci s'acquittaient de leur mieux. En butte aux demandes d'attention, d'argent de poche, de câlins, de consolation et de permissions, leur pauvre maman n'avait pas le temps de s'ennuyer ou de penser, même un tout petit peu, à elle.

Le problème du choix de cadeau demeurait entier : qu'allaient-elles lui offrir pour la fête des Mères ? Une solution avait fini par s'imposer d'elle-même. Toutes ne seraient pas de l'expédition, car il ne fallait pas alerter leur mère. Les grandes s'en chargeraient. « Grandes » était un bien grand mot, puisque les trois aînées avaient alors entre huit et onze ans. Elles étaient allées magasiner sur le chemin Sainte-Foy, dans le quartier Saint-Sacrement où elles habitaient à l'époque. Elles s'étaient dit qu'une fois sur place elles trouveraient bien quelque chose. Contre toute attente, elles avaient finalement jeté leur dévolu sur un petit plat à… « à toutes sortes d'usages », avait certifié la vendeuse. Il était rond, en cristal et pas très gros, vu le budget alloué au cadeau ; sa bordure était dentelée et il était surmonté d'une fine poignée en argent – pas du véritable argent, mais l'imitation leur semblait parfaite – dans laquelle s'insérait une petite cuillère. « Pour mettre les olives, la confiture, la moutarde, le ketchup, ce plat est fantastique », avait ajouté la dame, tout sourire, derrière le comptoir. Elle avait fait un magnifique paquet cadeau, avec du papier de soie et des rubans, en déclarant qu'elle trouvait leur mère bien chanceuse de se faire gâter de la sorte par ses grandes filles. Elles avaient rougi toutes les trois et s'étaient senties soulagées d'avoir enfin trouvé le cadeau idéal.

Ce petit plat existe toujours. Il a résisté au temps, aux déménagements, aux modes. C'est la cadette de Franchon qui en a hérité. Par contre, la petite cuillère a disparu. Lorsque leur mère avait reçu ce cadeau, elle avait paru enchantée. Franchon doute fort qu'il ait pu lui faire autant plaisir. À quoi avaient-elles pensé en lui offrant un tel cadeau! Mado avait dû se demander pourquoi diable ses filles lui donnaient ce plat un peu ridicule. Franchon et ses sœurs mettaient sur le compte de la fragilité de l'objet le fait qu'il serve si peu.

Si elle avait eu de l'argent, Franchon lui aurait offert des robes de nuit affriolantes en soie ou en satin, pour qu'elle se sente femme. Et juste parce que c'est doux, des oreillers de plumes moelleux, bien qu'elle y fût allergique. Même si sa mère marchait toujours pieds nus dans la maison, elle aurait choisi, pour mettre en valeur ses jambes de rêve, des mules ornées de plumes de marabout. Et elle se serait réjouie d'entendre les talons claquer sur le plancher de bois. Elle lui aurait proposé des voyages fabuleux, des croisières uniques, même si Mado ne voyageait qu'en autobus entre le travail, l'épicerie et la maison. Elle lui aurait organisé des soirées folles, au cours desquelles des hommes auraient pu l'entendre rire, admirer sa bouche gourmande, apprécier à leur juste valeur sa beauté et son sens de l'humour si particulier, et la faire danser toute la nuit, même si à la fin de chaque journée elle n'avait plus d'énergie pour quoi que ce soit. Elle aurait choisi pour sa mère des bijoux que cette dernière n'aurait pas trouvés « de circonstance » et des parfums qui lui auraient semblé trop capiteux, mais qui l'auraient rendue encore plus séduisante.

Tout ce que Franchon aurait pu lui offrir, elle l'a fait, en rêve. Et quand elle a eu les moyens de le faire, Mado n'était plus de ce monde. À huit ou dix ans, on ne sait pas où dénicher la paix, le calme, le repos et le bonheur, toutes ces choses si simples auxquelles sa mère désirait tant accéder. Alors on lui donne un petit bol en cristal aux multiples usages, pour y mettre surtout du repos, du calme, de la paix et tout l'amour du monde, qu'elle pourra déguster, une bouchée à la fois, à l'aide de la petite cuillère plaquée argent fournie avec le bol.

« MA MÈRE EST UN PETIT ANIMAL BLESSÉ QU'ON DEVRA CASSER POUR LE FAIRE ENTRER DANS LA BOÎTE »

Lorsque Mado a été victime d'un accident vasculaire cérébral, elle sortait tout juste d'un taxi. Elle venait de terminer sa journée à l'école de coiffure Lemieux, où elle enseignait. Franchon et sa sœur aînée, maintenant mariées, avaient quitté la maison. Il ne restait que les petites. Mado avait payé sa course et gravi les marches qui menaient au deuxième étage. Elle s'était soudain sentie mal. Très mal. Sa bouche avait commencé à se déformer, et sa main et son bras droits s'étaient crispés. Elle s'était mise à répéter des prénoms : elle nommait dans l'ordre chacune de ses filles. Comme si elle avait peur de les oublier, ou comme si elle les appelait à son secours. La plus jeune avait aussitôt appelé une ambulance.

Franchon avait souvent remarqué l'énergie fantastique que déployait sa mère et la tension qui l'habitait en permanence. Un mélange de fermeté et de vivacité qui la maintenait alerte. Qui ne lui permettait pas de vivre, mais plutôt de survivre. Mais lorsqu'elle l'avait vue sur son lit d'hôpital, à l'article de la mort, si maigre, elle avait découvert la force avec laquelle sa mère se battait pour sortir de ce carcan dans lequel son corps se trouvait enfermé. Elle avait pensé : « Ma mère est un petit animal blessé dont on devra broyer les os pour le faire entrer dans le cercueil. »

Mado et Franchon à Montréal

Le train filait à vive allure. Le cœur de Franchon battait la chamade. Sur la banquette devant elle, une femme méconnaissable. Maquillée, coiffée, et surtout assise. Ses yeux intenses l'enveloppaient. Franchon croyait y déceler un soupçon d'admiration. Elle s'accrochait de toutes ses forces à cette perception, sa mère étant généralement plutôt stricte. Elle poussait ses filles à travailler fort, à réussir. Elle ne lâchait véritablement le morceau que lorsque la dernière étape allait être franchie, comme c'était le cas ce jour-là. L'une d'elles était sur le point de réussir quelque chose de bien, quelque chose d'important pour son avenir, et Mado l'accompagnait. Elles étaient en route vers Montréal. Pour plusieurs raisons, c'était un moment à marquer d'une pierre blanche. Mado et Franchon qui voyageaient ensemble. Instant rare et occasion unique de se retrouver ainsi en tête-à-tête.

Quelques mois plus tôt, Mado avait encouragé sa fille de quinze ans à participer à un concours pour les jeunes. Le concours s'adressait aux musiciens, aux chanteurs et aux poètes en herbe. Franchon avait déjà écrit des poèmes, naïfs, il faut le dire, mais qui avaient touché les rares personnes qui en avaient pris connaissance. Les membres du centre de loisirs qui chapeautait le concours l'avaient fortement encouragée à s'inscrire dans la catégorie « Envolée oratoire ». Peu de temps avant la fin des inscriptions, personne n'avait posé sa candidature dans cette discipline, ce qui compromettait la participation du centre. On avait besoin de quelqu'un. Franchon, bien qu'elle ne fût pas dupe de la valeur de ses textes, avait finalement décidé de concourir. Elle y était allée à reculons, mais contre toute attente elle avait réussi à franchir rapidement les éliminatoires locales, puis les régionales. Elle était ainsi conviée à la Palestre nationale, à Montréal, où aurait lieu la grande finale enregistrée pour la télévision de Radio-Canada, dans le cadre de l'émission *Jeunesse oblige.*

Elles étaient donc aussi fébriles l'une que l'autre de se trouver à bord de ce train qui les menait dans la grande métropole. Mado connaissait bien cette ville pour y être née et y avoir vécu quelques années. Franchon, elle, n'avait jamais quitté Québec. C'était son premier voyage. En plus des découvertes à venir, de sa première nuit dans un grand hôtel, il y avait le trac lié à la performance qu'elle allait livrer. On a beau se dire et se faire répéter que, dans ces moments-là, il faut juste s'amuser, elle n'en éprouvait pas moins de sérieuses crampes au ventre. Elle était encore aux études secondaires, avait plein de rêves, mais n'avait fait le choix d'aucun métier. « Tu ferais une excellente infirmière », avait coutume de lui répéter Mado. Franchon prêtait une oreille distraite à ces propos. Son rêve était d'écrire et de jouer la comédie, mais elle n'en parlait à personne. Ces métiers étaient trop abstraits ; elle en rêvait, c'était tout.

Bien des années plus tard, lorsque Franchon serait sur le point de s'inscrire au Conservatoire d'art dramatique, sa mère ne chercherait pas à l'en décourager, mais jamais non plus elle ne lui faciliterait la tâche. « C'est ce que tu veux faire dans la vie, déclarait-elle, alors fais-le ! » Un jour, alors que sa fille se plaignait de l'angoisse qu'elle éprouvait, du trop-plein de travail à accomplir, du doute permanent, de l'insécurité financière liée à son métier, Mado, au lieu de la rassurer, lui avait posé une seule question : « Est-ce que tu crois que tu as du talent ? » Après réflexion, Franchon avait répondu que ses professeurs et les metteurs en scène qu'elle fréquentait au Conservatoire semblaient avoir confiance en ses qualités de comédienne. Ce à quoi Mado avait rétorqué : « Eh bien ! Si tu crois que tu as du talent et une chance de réussir dans ce métier, tais-toi et assume ton talent. » C'était sans appel. Ce jour-là, Franchon avait reçu la répartie comme une gifle, mais toutes les fois qu'elle se retrouverait derrière un rideau, tapie dans le noir et sur le point de plonger sur scène, elle se rappellerait cet épisode. Sa mère, même décédée, serait encore là, lui répétant à l'oreille, avec la même force, d'assumer son talent. Ce qu'elle ferait.

Mais pour l'instant, elle l'avait pour elle toute seule. C'est ce qui comptait le plus. C'était comme un cadeau sans que ce soit Noël ou son anniversaire. Mado avait volé du temps à son horaire chargé et le lui consacrait. La peur que Franchon éprouvait à l'idée d'être seule, sous les feux de la rampe, devant un public inconnu, s'atténuait quelque peu lorsqu'elle croisait les yeux de sa mère. Ces derniers la rassuraient.

En route vers Montréal, elles parlaient peu. Mado avait l'esprit ailleurs, nulle trace chez elle de la sévérité qu'elle affichait habituellement. Les recommandations d'usage avaient été faites avant le départ. Les: «Tiens-toi droite, dégage ton front, souris, sois polie, dis merci, ne t'enfle surtout pas la tête, rien n'est gagné» avaient déjà été prononcés à plus d'une reprise. Les yeux de Mado se promenaient nonchalamment sur le paysage qui défilait dans la fenêtre du wagon. Franchon était fascinée par sa mère, tellement différente ce jour-là, elle qui ne s'arrêtait pas, qui ne s'asseyait que rarement, qui ne flânait jamais. Ce voyage était un présent fabuleux.

Tout en se réjouissant de cette aventure qu'elle partageait avec elle, Franchon répétait du bout des lèvres, afin de ne pas gêner les autres passagers, ses textes qu'elle savait déjà par cœur. Il fallait mettre toutes les chances de son côté.

Le train était entré en gare. Elles s'étaient rendues en taxi à la Palestre nationale, lieu du rendez-vous pour les participants. Si l'édifice était imposant à l'extérieur, l'intérieur l'était également par le nombre de personnes qui s'y trouvaient et tout l'équipement déployé pour l'enregistrement de l'émission.

Mado s'était vite déniché un petit coin tranquille pour observer l'action, ne sortant que pour aller fumer quelques cigarettes. Franchon, de son côté, n'était pas très à l'aise au milieu de cette faune qu'elle n'avait jamais côtoyée. La pression était forte et l'enjeu, de taille. Et lorsqu'elle avait découvert l'une de ses rivales, la peur l'avait assaillie. Celle-ci était une jolie fille, bouclée à souhait, grande, mince et habillée à la dernière mode. Elle attirait tous les regards, y compris celui du pianiste accompagnateur. Elle avait toutes les chances de remporter ce concours, contrairement à une Franchon qui, à cette période de sa vie, n'avait ni la hardiesse ni le sens de l'humour qui lui viendraient plus tard. En cet instant où elle devait faire face à une concurrente bien pourvue, elle était timide et passait presque inaperçue, affublée qu'elle était d'un ensemble brun mal seyant, aux manches tricotées, cadeau d'une amie de Mado qui trahissait une mode désuète et lui donnait une allure beaucoup trop vieille pour son âge. Il ne lui restait que le talent, mais le talent était-il suffisant au petit écran ?

Comme soutien, Franchon n'avait que le regard ardent de sa mère. Or, lorsqu'on a quinze ans, que vaut ce genre d'encouragements de la part d'un parent qui aime, en principe, inconditionnellement ? Franchon arrivait tout de même à déchiffrer le message qui passait dans ses yeux. « Tu peux le faire. Tu peux y arriver. » Mado, si combative, la portait, lui insufflait sa propre passion, la ramenait à ce qu'elle avait de plus précieux, ses poèmes, des textes où il était question de sa famille pas du tout comme les autres, de son premier baiser, de ses espoirs de jeune fille…

Peut-être que l'apparence de Franchon lors de ce concours ne lui avait pas permis de retenir l'attention de tous, mais son talent avait été reconnu : elle avait gagné le premier prix, doté d'une bourse en argent. Celle-ci lui avait servi à l'achat d'un tourne-disque et de 33 tours de Léo Ferré. Pendant les années qui suivraient, son tout premier geste matinal serait de mettre en marche l'appareil pour entendre les textes, désespérants mais combien poignants, d'un Léo Ferré qu'une partie de la famille apprendrait à détester au jour le jour.

Cet événement a réellement eu lieu dans la vie de Franchon. À quinze ans, elle a bien gagné ce premier prix, a bien participé à l'émission *Jeunesse oblige.* Elle a bien pris le train, s'est bien rendue à Montréal, à la Palestre nationale, puis à l'hôtel le soir. Mais toute seule. C'est en voulant raconter cette aventure qu'elle s'est souvenue que sa mère ne l'avait pas accompagnée. Franchon en avait pourtant été convaincue. Mado avait été tellement présente durant ce périple en train et lors de la finale du concours que Franchon s'était persuadée qu'elle était à ses côtés. Sa mère avait bien fait ce voyage, mais en pensée seulement. Comment aurait-elle pu laisser son travail et ses autres filles pour se consacrer uniquement à l'une d'entre elles ? Elle l'avait aidée à planifier son périple et avait demandé le soutien d'une amie à Montréal qui pourrait venir en aide à sa fille, si le besoin s'en faisait sentir. Mado lui avait prodigué ses conseils, l'avait poussée à y aller, l'avait encouragée à voler de ses propres ailes et surtout à croire en elle. Mais de l'avoir cru avec elle, assise, débarrassée de toutes ses tâches, détendue et rêveuse avait réjoui Franchon, qui avait modifié la réalité pour la faire correspondre à la vie qu'elle souhaitait pour sa mère.

Mado n'a pas froid aux yeux

C'était en hiver, à la veille de Noël. Les filles de Mado, du moins les trois aînées, étaient allées la rejoindre au salon de coiffure après sa journée de travail. Ou peut-être étaient-elles allées se faire coiffer à l'approche des festivités de la fin d'année ? Il arrivait quelquefois, durant les périodes très achalandées au salon, que Mado demande à ses plus vieilles un coup de main. La tâche était toute simple : lui tendre, un à un, les petits papiers de soie qui servaient à protéger les mèches de cheveux que Mado enroulait ensuite autour d'un bigoudi lorsqu'elle faisait une permanente, enlever les papiers une fois la permanente terminée, puis classer les petits rouleaux par couleur. Parfois, le travail consistait à démêler à l'aide d'un grand peigne les cheveux d'une cliente après un shampoing. Mado était très fière de ses filles, qu'elle présentait volontiers à toutes celles qui fréquentaient le salon. Franchon était convaincue que sa mère profitait de l'occasion pour leur apprendre à faire avec minutie un travail de précision, mais surtout elle s'employait à leur démontrer la dureté de son gagne-pain. Elle répétait sans cesse : « Que je n'en voie pas une devenir coiffeuse ! » Et elle ajoutait, tout à fait sérieuse : « Autrement, quand je serai morte, je vais venir vous casser les jambes pour être sûre que vous ne ferez jamais ce métier-là ! » Ses filles l'ont écoutée : aucune n'a embrassé cette carrière. Pourtant, Mado aimait son métier. Dans les dernières années de sa vie, elle souffrait d'emphysème, causé en grande partie par les nombreuses cigarettes qu'elle fumait quotidiennement, mais également à l'inhalation des produits toxiques auxquels elle était exposée tous les jours. Son médecin lui avait suggéré de quitter le salon si elle voulait recouvrer la santé, celle-ci se faisant de plus en plus vacillante. Elle était alors devenue professeure de coiffure. Elle adorait ses étudiants, qui le lui rendaient bien.

Ce fameux soir d'avant les fêtes, en sortant du salon, Mado et ses filles avaient fait des courses. Elles s'étaient arrêtées au magasin de la Société des alcools. Les filles étaient restées à l'extérieur pour attendre leur mère qui était revenue, peu de temps après, avec une grosse bouteille de gin dans un sac de papier brun. Franchon et ses sœurs avaient alors vu un grand gaillard qui emboîtait le pas à leur mère et cherchait à attirer son attention. Mado se dirigeait vers ses filles, inconsciente de la présence de l'inconnu. Elle semblait minuscule devant ce géant, l'air pas commode, qui titubait comme s'il avait déjà enfilé quelques verres. Soudainement, il avait allongé le bras et saisi celui de Mado. Elle s'était retournée rapidement pour affronter le colosse. De son autre main, elle avait arraché d'un geste brusque la grosse patte de l'homme et lui avait poliment demandé de la laisser tranquille. Le lourdaud insistait pour lui parler. Franchon, son aînée et sa cadette s'étaient rapprochées de leur mère, qui ordonnait à l'assaillant de passer son chemin. Il avait tiré de nouveau sur son bras. En tentant de se débattre comme elle le pouvait, Mado avait fait un faux mouvement et la bouteille d'alcool lui avait glissé des mains avant de se fracasser sur le trottoir. L'homme s'était mis à rire de façon stupide, sans égard à la colère de sa victime. Les filles incitaient leur mère à s'éloigner de cette « armoire à glace », qui essayait encore de l'étreindre. C'est à ce moment qu'était survenue la chose la plus incongrue, la plus inusitée qui soit. Dans un sursaut d'énergie, Mado s'était dégagée, avait pointé vers son agresseur de façon provocante son poing fermé, poing qu'elle avait minuscule, et avait crié en direction de ce dernier cette phrase que ni Franchon ni ses sœurs n'ont oubliée : « Mon poing, c'est pas quand il rentre qu'il fait mal, c'est quand il sort ! »

Il y avait dans cette réplique quelque chose de tellement saugrenu que l'homme en avait été saisi. Il s'était éloigné d'elle, en criant à qui voulait l'entendre que cette femme était une « ostie de folle ». Mado était sonnée. Ses enfants l'avaient aussitôt entourée, pas pour la rassurer ni lui demander si elle allait bien, mais plutôt pour l'accabler de reproches. Même si sa riposte avait réussi, les filles n'arrivaient pas à croire que leur mère ait pris un tel risque. Mado aurait pu se faire assommer d'un revers de la main, être brisée en mille morceaux comme la bouteille qui avait volé en éclats sur le trottoir ; l'individu aurait également pu la tabasser sans qu'elles puissent intervenir. Mais non ! Il s'était enfui sans demander son reste. Une fois la stupeur passée, elles avaient bien ri avec leur mère. De son audace, de sa détermination, de sa folie.

« Ma mère est une corneille à la voix éraillée »

Lorsque Franchon étudiait au Conservatoire d'art dramatique, lors des exercices pédagogiques ouverts au public, Mado allait voir sa fille jouer. Franchon détestait savoir où sa mère allait s'asseoir dans la salle. Mado respectait cette consigne. Donc, chaque fois qu'elle assistait à une représentation, elle ne lui révélait jamais l'emplacement de son siège. Ainsi Franchon évoluait-elle sur scène en toute tranquillité d'esprit, sans tenir compte de la présence de sa mère, noyée parmi les spectateurs. Ce moment de paix était toujours de courte durée. Mado, grande fumeuse et souffrant d'emphysème, toussait souvent, et sa toux caverneuse était reconnaissable entre toutes. Pour l'avoir entendue au cours de tant de nuits, Franchon devinait, à coup sûr, où sa mère était assise dans le noir : côté jardin au troisième rang, en plein centre, ou encore côté cour dans le fond de la salle. Cela ne manquait jamais.

Les frasques des filles

« Qu'est-ce qu'il y a encore ? » La phrase résonnait dans le combiné du téléphone. Le ton de la voix était retenu pour conserver une certaine discrétion, mais chaque mot était imprégné de colère et d'impatience. Mado n'en pouvait plus de recevoir ces appels à son travail. Comme par un fait exprès, les filles choisissaient toujours le moment où elle était le plus occupée, l'instant où elle avait les mains dans la teinture et devait quitter le lavabo en abandonnant sa cliente pour venir leur demander, à bout de nerfs : « Qu'est-ce qu'il y a encore ? »

Franchon et ses sœurs avaient ordre de ne déranger leur mère au travail que s'il y avait urgence. Et il y avait souvent urgence ! L'une avait oublié son sac d'école dans l'autobus, l'autre n'était pas encore rentrée de sa punition après les classes. Parfois, le prétexte de l'appel était futile – il n'y avait plus de lait –, mais en d'autres circonstances la situation nécessitait de façon pressante l'intervention de Mado. Une fois qu'elle s'était calmée, il y avait d'abord la consultation au téléphone ; si leur mère trouvait une solution immédiate ou s'il était trop tard pour agir, les choses en restaient là.

Tel avait été le cas lors d'une visite de l'amoureux de l'aînée, amateur d'escrime venu armé de son fleuret. Franchon avait voulu l'essayer, mais dans sa fougue elle avait décroché le plafonnier, qui s'était brisé sur le sol, lui faisant une bonne entaille sur la main. Autre incident du même genre : l'une des filles avait ouvert brusquement la porte du réfrigérateur, faisant tomber un pot de moutarde qui avait éclaté en morceaux sur le plancher, éclaboussant du même coup les murs et le plafond. Mado venait à peine de terminer la peinture de la cuisine, qui n'était pas encore sèche. Il avait fallu tout laver et tout repeindre. Dans cette maison, ce n'était pas les occasions de faire des bêtises qui manquaient. Franchon avait déjà failli causer un incendie dans la cuisine. Alors qu'elle faisait frire des *egg rolls*, un appel l'avait tenue éloignée de la cuisinière pendant un moment. À son retour, les flammes grimpaient dangereusement au-dessus de la poêle, et les armoires étaient déjà noircies.

À la suite de cet incident, Mado avait demandé aux voisins du second étage s'ils voulaient bien jeter un œil sur ses enfants. Il se trouvait que Mme Lirette était une ancienne amie d'école. Elle et son mari éprouvaient une grande affection pour cette famille de filles. Ils avaient donc accepté l'installation d'une sonnette d'alarme reliant les deux appartements, que Franchon et ses sœurs pouvaient activer en cas d'urgence. Peu de temps après, un vendredi soir où Mado était au travail, les filles, en compagnie d'une amie, s'étaient installées dans la chambre que partageaient les deux aînées. Pour passer le temps, chacune d'elles racontait à tour de rôle des histoires d'horreur ou des films qui les avaient particulièrement effrayées. Au moment où la peur avait envahi la petite chambre donnant sur la ruelle, le store de la fenêtre, jusqu'alors baissé, s'était enroulé dans un fracas assourdissant, sans raison apparente. Les filles s'étaient mises à hurler. Elles n'avaient pas eu besoin d'appuyer sur la sonnette d'alarme pour avertir les voisins. Les cris d'horreur en provenance de l'appartement de Mado avaient conduit les Lirette, ne sachant quel drame se jouait au premier, à prévenir la police.

Il arrivait malgré tout que Mado, appelée d'urgence au salon, doive sauter dans un taxi pour revenir en trombe à l'appartement. C'était rare, heureusement ! Mais quand la cadette de Franchon s'était « embarrée » dans la salle de bain, leur mère avait dû se résigner à rentrer chez elle. L'événement s'était produit alors que les trois grandes fréquentaient l'école publique de la paroisse. L'aînée veillait au bon ordre, mais ne parvenait pas toujours à maîtriser les situations de crise. Cette fois, Franchon s'en était pris à sa cadette qui, pour lui échapper, avait trouvé refuge dans la salle de bain en fermant la porte à clé. Mal lui en avait pris, car la clé, qui n'était pas destinée à cette serrure, était restée coincée. Les filles avaient tout essayé, la porte refusait de s'ouvrir. La cadette était enfermée dans la pièce depuis plus d'une heure. La pause dîner était terminée et elles ne pouvaient retourner en classe avant d'avoir libéré leur sœur. Elles avaient pensé la faire sortir par la seule issue possible, la fenêtre de la salle de bain, mais elle était beaucoup trop exiguë pour l'adolescente, qui était assez bien charpentée.

Elles avaient voulu lui glisser un sandwich sous la porte, avaient suggéré qu'elle prenne un bain pour se calmer et patienter, mais toutes ces tentatives n'avaient fait qu'exacerber le caractère déjà bouillant de leur sœur. Mado, qui devait retourner au salon où l'attendaient ses clientes, avait pris la décision qui s'imposait. À l'aide d'une échelle, elle avait grimpé jusqu'à la minuscule fenêtre, par où elle s'était introduite dans la salle de bain. Elle était la seule, dans cette maison, qui avait la taille assez fine pour réussir cet exploit. Mais elle n'était pas au bout de ses peines. Après avoir calmé et rassuré la prisonnière, Mado avait demandé à ses filles de lui passer par la fenêtre un marteau et un ciseau à bois, grâce auxquels, avec l'énergie du désespoir, elle avait enlevé les gonds de la porte, ce qui avait permis à la captive de sortir de la pièce. Malgré sa petitesse, Mado avait ce type de force, de vigueur quand c'était nécessaire. Lorsqu'un objet tombait malencontreusement derrière un gros meuble ou même derrière le réfrigérateur, elle poussait l'appareil sans aucune aide et le replaçait ensuite, comme si de rien n'était.

Lors de l'incident de la salle de bain, Mado avait tout laissé en plan et, avant de monter dans un taxi pour retourner au travail, elle avait obligé ses filles à prendre le chemin de l'école sans billet d'excuse. La responsabilité leur revenait d'expliquer leur retard. Mado donnait ainsi des leçons à ses filles. Mais c'était sans compter leur caractère joueur et leur énergie bouillonnante d'adolescentes. Une autre dispute avait éclaté, toujours entre Franchon et sa cadette, la première étant particulièrement taquine, la deuxième, plutôt sensible. Sous l'effet de la colère et pour échapper à Franchon, sa sœur avait fait claquer la porte de sa chambre, et l'énorme miroir suspendu au-dessus de la télévision s'était décroché du mur puis fracassé en mille miettes sur le plancher du salon. Aussitôt mise au courant du drame par téléphone, Mado était accourue une fois de plus.

Déjà petites, les filles n'étaient pas des anges. Un matin, alors que tout le monde était encore au lit, Loulou avait proposé à Franchon de se rendre dans la pièce allouée au salon de Mado et de jouer à la coiffeuse. À ce moment, elles avaient toutes deux de beaux cheveux longs qu'elles attachaient en nattes ou en queue de cheval. Lorsque Mado avait surpris ses filles en pleine action, elle avait découvert la nouvelle coupe de Franchon. Il restait quelques mèches longues, mais la plupart avaient été coupées presque au ras du crâne. Elle avait dû terminer le travail pour égaliser l'ensemble, ce qui avait donné une petite coupe « chat », comme la portait la Parisienne et meneuse de revue Zizi Jeanmaire. Pour punir son aînée, et surtout pour lui faire comprendre le mal qu'elle avait causé, Mado lui avait fait subir le même sort.

Il y a eu bien d'autres événements éprouvants : l'avant-dernière qui s'était coincé la tête entre les barreaux de son lit d'enfant et avait affolé tout le monde ; la plus jeune du haut de ses patins qui s'était fracturé le bras en tombant sur la glace ; Franchon, à cheval sur son tricycle, qui était tombée d'un escalier et avait été transportée d'urgence à l'hôpital; sa cadette qui s'était presque crevé un œil avec le bout d'un bâton, ou encore qui avait failli perdre son pouce en voulant aider un monsieur qui se servait d'un godendart pour couper une planche. Et tout cela sans compter la péritonite de l'aînée, les amygdalites des unes, les otites des autres, la coqueluche de la petite dernière, tous ces maux qui demandent présence et soins constants.

Il y avait évidemment aussi les frasques dont leur mère ignorait tout. Durant un congé de Noël, elles avaient inventé un jeu pour meubler le temps quand il leur fallait assumer une corvée. Pendant que leur mère en profitait pour faire un somme bien mérité, elles s'installaient souvent toutes les cinq pour faire la vaisselle; l'une lavait, deux essuyaient, une autre rangeait et la dernière s'installait sur un tabouret, l'annuaire téléphonique sur les genoux. Elle avait pour mission de choisir au hasard un numéro de téléphone et d'appeler. Dès que leur correspondant répondait, les cinq sœurs entonnaient des chants de Noël que leur auditeur devait subir jusqu'à la fin puisque, à l'époque, les deux abonnés devaient raccrocher pour que la communication soit coupée.

Lorsque l'une d'elles attendait un appel important, il fallait voir la course à travers l'appartement, course effrénée de chacune pour être la première à saisir le combiné, croyant que l'appel lui était destiné! Les filles mettaient des obstacles sur le chemin des autres, jouaient du coude, criant, riant avant d'atteindre leur but. Parfois, prise d'un fou rire incontrôlable, celle qui avait réussi à répondre ne pouvait rien dire et se faisait raccrocher au nez sous les cris de protestation des autres.

Tout ça à l'insu de leur petite maman, qui jamais n'avait vent de leurs extravagances. Et dire que, pour une fois, elle dormait du sommeil du juste ou travaillait, rassurée à l'idée que ses belles grandes filles accomplissaient leurs tâches sans qu'elle soit obligée de demander : « Qu'est-ce qu'il y a encore ? »

Mado à l'épicerie

Combien de fois le réfrigérateur a été ouvert dans l'appartement de l'avenue Belvédère par l'une des filles qui s'écriait aussitôt qu'il n'y avait jamais rien à manger dans cette maison ! Pourtant, les enfants de Mado n'ont jamais manqué de rien. On ne trouvait pas de *fast food* à la maison, rarement du « tout préparé », aucune boisson sucrée, mais de la viande de qualité, des fruits et des légumes à profusion. Quand l'adolescence surgit, le reproche fait partie intégrante du vocabulaire. Il faut bien se plaindre de quelque chose, et chez les filles de Mado, c'était le réfrigérateur qui était fréquemment blâmé. Mado faisait donc souvent l'épicerie, la plupart du temps seule. Parfois elle demandait qu'on lui livre la commande trop lourde à transporter. Elle ne rapportait que les aliments nécessaires pour la préparation du souper. Le reste arrivait plus tard, dans les bras costauds d'un jeune livreur.

Mado s'approvisionnait au Dominion qui se trouvait sur le boulevard Saint-Cyrille, au coin de l'avenue Belvédère. Pour s'y rendre, il fallait faire une bonne marche. L'épicerie était située à mi-chemin de l'école des Saints-Martyrs, où les aînées ont étudié quelques années. Elles n'étaient plus pensionnaires puisqu'elles étaient assez grandes pour prendre soin d'elles quand Mado était au travail.

À cette époque, Franchon considérait les gens de Québec comme routiniers. Presque tout le monde faisait son épicerie le jeudi soir et se lavait les cheveux le mardi. Difficile de changer les habitudes ! Ces règles étaient quasi immuables chez ceux qu'elle connaissait.

Ce soir-là, Franchon avait quitté l'école assez tard. Soit elle avait eu une retenue – ce qui lui arrivait souvent –, soit elle avait participé à une activité parascolaire. À cette heure tardive, sa mère devait être à l'épicerie, s'était-elle dit. Au lieu de prendre le chemin de la maison, elle avait eu l'idée d'aller la rejoindre, histoire d'être un peu seule avec elle, ce qui était assez rare, et de l'aider à porter les courses.

Son sac d'école à l'épaule, elle s'était rendue au supermarché. Le Dominion était bondé. Beaucoup de femmes poussaient leur chariot dans les allées ou attendaient en file pour passer aux caisses. Franchon avait entrepris de parcourir systématiquement toutes les allées pour être sûre de ne pas rater sa mère. Et elle l'avait repérée. Petite, frêle et énergique à la fois, poussant un gros chariot déjà passablement rempli. Plusieurs pains tranchés, des boîtes de céréales – chaque fille avait sa sorte préférée –, du fromage, des conserves multiples, de la viande, des oranges, des pamplemousses et des bananes en quantité suffisante, et bien d'autres choses. Franchon s'était étiré le cou pour vérifier si sa mère avait pensé aux préparations à gâteau. Eh oui ! Elle n'avait pas oublié que les filles aimaient servir des gâteaux à leurs petits amis du moment, qui venaient tous se faire couper les cheveux à la maison. Mado le faisait gratuitement et, contrairement aux barbiers, elle savait entretenir leur coupe de cheveux, qu'ils portaient longs.

Ce jour-là, Franchon se trouvait à quelques pas derrière sa mère. Elle était restée silencieuse pour l'observer. Elle agissait souvent ainsi. Elle demeurait tapie dans le noir ou camouflée dans les replis d'un rideau, et lorsque Mado découvrait sa présence, elle sursautait en poussant un cri. Franchon avait commencé ce jeu alors qu'elle était toute jeune et que sa mère se laissait encore surprendre. Sa fille en était toujours aussi ravie. Une façon comme une autre d'avoir toute l'attention de quelqu'un. Mais cette fois, c'était la fille qui s'était fait surprendre.

Mado était concentrée devant un étalage, tenant d'une main une liste où elle biffait au fur et à mesure les articles qu'elle choisissait, et de l'autre une boîte de biscuits de luxe dont elle vérifiait le prix. Après avoir longuement hésité, elle avait déposé la boîte sur les autres articles, même si elle ne faisait manifestement pas partie de sa liste. Elle avait fait quelques pas en poussant son chariot, puis elle s'était arrêtée avant de revenir sur ses pas pour replacer la boîte sur la tablette où elle l'avait prise. Mado n'avait jamais acheté cette marque, qui était trop onéreuse pour son budget.

Elle n'avait pas fait deux pas que Franchon, toujours à l'affût, l'avait vue reprendre la boîte et la remettre presque avec rage dans son panier. Franchon venait de voir sa mère, qui ne pouvait pas offrir tout ce qu'elle aurait voulu à ses filles, hésiter, renoncer, pour finalement se permettre cette gâterie, même si elle n'en avait pas vraiment les moyens.

Franchon savait que sa mère se sacrifiait souvent au profit de ses enfants, mais cette fois elle en avait été témoin. Une grande émotion l'avait saisie à la gorge. Elle était restée contre l'étagère sans savoir quoi dire ni quoi faire. Elle aurait tant voulu, à cet instant, pouvoir donner à sa mère tout l'argent du monde, argent qu'elle ne possédait pas, bien sûr. Une dame s'était plantée devant elle et l'avait sommée du regard de se déplacer. Elle avait besoin de quelque chose sur l'étagère. Franchon s'était excusée en ravalant son chagrin. Mado avait reconnu le son de sa voix et s'était approchée d'elle, ravie qu'elle soit venue à sa rencontre ; elles pourraient repartir ensemble en se partageant les paquets. Elle avait replacé une mèche dans la frange de sa fille, lui avait souri en l'appelant tendrement « ma Franchon » et avait poursuivi ses emplettes. Elle n'a jamais su qu'elle avait vu toute la scène. Peut-être que l'adolescente se sentait coupable d'être une charge pour sa mère, qu'elle n'aurait pas su comment aborder le sujet. Mais aujourd'hui encore, lorsqu'elle entre dans une grande surface, elle qui a les moyens de tout acheter ou presque éprouve le même pincement au cœur, la même tristesse en pensant à sa mère qui devait calculer chaque sou avant de dépenser.

« Ma mère est un oiseau moqueur qui passe ses samedis avec Tino Rossi »

Certains samedis, Mado ne travaillait pas, ce qui ne l'empêchait pas de s'activer. Franchon et ses sœurs s'y mettaient aussi. Aussitôt la famille levée, la maison s'emplissait de musique et de bonnes odeurs. Les filles s'employaient à passer l'aspirateur, à nettoyer la salle de bain, à ranger tandis que leur mère occupait la cuisine. Et chantait.

À cette époque, la radio de Radio-Canada diffusait en boucle les prestations des chanteurs célèbres ainsi que de magnifiques opéras. Tino Rossi, avec son physique à la Rudolph Valentino, avait déjà charmé Mado, qui l'appréciait aussi sur le grand écran. Elle imitait l'accent du chanteur et l'accompagnait dans *le bleu du ciel bleu,* sur *un joli bateau* avec *Marinella* ou *Maman tu es la plus belle du monde*; parfois c'était *Trois anges sont venus ce soir*. Les filles se joignaient à elle, et tout le monde roulait des R, mordant dans les mots et chantant à tue-tête en époussetant ou en préparant le repas du soir. Il y avait également Luis Mariano qui venait enchanter les samedis de la famille avec son *Rossignol de mes amours,* sa *Granada* ou sa *Belle de Cadix*. Le ménage se faisait, dans ces moments-là, sur des airs espagnols et se transformait en corrida.

À d'autres moments, *La Traviata* ou encore *Rigoletto* emplissaient toute la maison de leurs mélodies évocatrices et puissantes. Franchon et ses sœurs découvraient alors leur mère émue par le sort de ces héros plus grands que nature. Elles se laissaient raconter leur drame. Mado entonnait même certains airs d'opéra qu'elle connaissait par cœur. Le talent de leur mère les fascinait. Franchon, pour sa part, n'arrivait pas à comprendre comment un personnage à qui on venait de planter un couteau dans le cœur pouvait continuer à chanter aussi longtemps, avec autant de force, et atteindre des sommets de puissance vocale inégalés !

Le soir venu, la maison avait baigné dans la musique tout le jour et embaumait de parfums gourmands : poulet rôti aux herbes, rosbif juteux à l'ail ou bœuf bourguignon. S'ajoutaient à cela les effluves d'un gâteau au chocolat, d'un renversé aux ananas, que les filles avaient baptisé « viré à l'envers », ou des pets-de-sœur, quand ce n'était pas ce que leur mère appelait une « charlotte russe », étrange mélange de crème fouettée, de Jell-O jaune ou rose et de morceaux d'ananas, dont les enfants raffolaient.

Après le repas, elles se réunissaient toutes au salon, autour du gros meuble de la radio, pour entendre « l'oiseau de nuit », surnom de Guy Mauffette, qui présentait son *Cabaret du soir qui penche*. Ainsi se terminaient ces fameux samedis où la musique avait pris toute la place.

Mado sans ses filles

Lorsque Franchon, pensionnaire, était plongée dans le noir de son grand dortoir, elle songeait souvent à sa mère, restée seule à la maison. Que faisait-elle ? Qui préparait son café ? Qui s'occupait d'elle la nuit lorsqu'elle était prise d'une quinte de toux ? Qui prenait le temps de frictionner son dos et sa poitrine pour la soulager ? Elle devait sûrement s'ennuyer de ses filles… Mais passait-elle son temps libre à se morfondre ? Beaucoup de questions sans réponse pour une enfant inquiète. Franchon se rassurait sur un point : sa mère n'avait plus de mari qui pouvait veiller sur elle, mais elle avait beaucoup d'amis qui devaient lui rendre visite. Tout le monde disait que Mado était une femme de bon conseil. Elle savait écouter et discuter ouvertement de tous les sujets, même ceux dont on ne parlait qu'à voix basse. Il y avait Lilia, « tante Lili », cette jeune étudiante tchécoslovaque qui avait gardé les sœurs lorsqu'elles étaient petites. Maintenant mariée, elle venait souvent voir sa protectrice. Mado l'avait prise sous son aile et l'aidait comme elle le pouvait.

Il y avait aussi Suzanne Dansereau. La mère de celle-ci avait d'abord été une cliente et une amie de Mado. Par la suite, ses enfants, Fernand, Françoise et Suzanne, avaient fréquenté Mado et Marc quand ce dernier vivait encore à la maison. Plus tard, Fernand est devenu cinéaste et scénariste. Lorsqu'il a écrit la série *Le Parc des braves*, il a attribué à une de ses protagonistes, énergique et touchante, qui exerçait le métier de coiffeuse le prénom de Mado, puisque son inspiration venait, en partie, de la mère de Franchon. Les sœurs Dansereau n'ont pas été en reste. Françoise est devenue danseuse, et Suzanne, productrice d'émissions jeunesse. Cette dernière a beaucoup côtoyé Mado, qui la guidait dans sa vie de jeune femme. Elle avouerait plus tard à Franchon qu'aucune femme à l'époque ne parlait si ouvertement des « choses de la vie ».

Il y avait eu également Thérèse Champoux, une cliente et grande amie de leur mère, qui habitait la Beauce et venait d'une famille fortunée. Elle avait gâté les filles en mettant au goût du jour leur chambre d'adolescentes. Elle passait souvent en coup de vent, pour placoter avec Mado.

Franchon aimait savoir sa mère entourée. Elle pensait à tous ses collègues qui sortaient la fin de semaine, après le travail. Participait-elle à leurs parties pendant que ses filles étaient absentes ? Une soirée d'Halloween qui l'avait marquée, entre autres événements, lui laissait croire que Mado profitait de chaque occasion. Son patron, l'amoureux de ce dernier et quelques coiffeuses et coiffeurs pour la plupart homosexuels étaient venus se préparer à la maison avant de partir à la fête. Ils s'étaient déguisés en squelettes. L'effet était impressionnant. Elle n'était pas près d'oublier ces visages enduits de cirage noir, ces grands corps enveloppés dans des pulls et des collants, ainsi que ces mains et pieds couverts de gants et de chaussettes noirs sur lesquels était peinte en blanc la charpente osseuse. Le costume le plus réussi était, sans contredit, celui de Mado, puisqu'elle n'avait que la peau sur les os, contrairement à certains de ses collègues qui souffraient d'embonpoint. Mais le reste du temps, Mado sortait peu et devait se coucher tôt, fatiguée par ses longues journées de travail, n'utilisant qu'une partie du matelas, l'autre étant toujours vide. Si elle avait voulu résumer sa vie en peu de mots, elle aurait pu le faire ainsi : *Lit à vendre, côté gauche comme neuf.*

Quand Franchon a été plus vieille, une nouvelle présence s'est ajoutée sur l'avenue Belvédère. Mado, pour joindre les deux bouts, avait eu l'idée de prendre en pension une chambreuse. Franchon et ses sœurs se souviendraient toujours du personnage : elle était *waitress* dans un restaurant de la rue Saint-Jean. Lorsqu'elle partait travailler alors que les filles étaient en congé, celles-ci ne pouvaient s'empêcher de l'observer sous toutes les coutures, bien que leur mère et les « bonnes sœurs » leur aient appris que la chose était impolie. Cette fille était un phénomène pour les jeunes adolescentes, si peu habituées à fréquenter de telles personnes. Elle portait un uniforme de serveuse : chemise blanche hyper décolletée et jupe noire archi courte. Aux pieds, elle avait des talons aiguilles qui étaient tellement hauts qu'elle semblait en équilibre précaire chaque fois qu'elle faisait un pas. Et sur la tête, elle arborait ce que les filles appelaient un « nid d'abeilles ». Ses cheveux étaient crêpés très serrés et coiffés en une pièce montée impressionnante enduite d'une bonbonne entière de laque. Franchon et ses sœurs craignaient qu'une abeille ou autre « bibitte » y fasse son nid puisqu'elle ne défaisait son chignon que rarement. Son langage n'était pas châtié, et ses manières, assez communes. Mais jamais leur mère n'avait toléré que les filles la ridiculisent ou se moquent d'elle. Il en avait été de même pour ses collègues homosexuels et les gardiennes. Mado était toujours restée ouverte et amicale quant à la différence des gens qu'elle côtoyait. Et elle avait incité ses enfants à en faire autant, même si à l'époque on regardait plutôt les gais et les étrangers au fort accent avec un sourire moqueur et un brin condescendant.

Pas chez Mado.

La différence

Franchon était rentrée de l'école la mine triste et abattue. Mado avait su bien vite que quelque chose n'allait pas. Sans la brusquer, elle l'avait amenée à se confier. Ainsi avait-elle appris, à travers les larmes de sa fille, le terrible sort qui était le sien. La religieuse qui enseignait le français au collège Mérici avait demandé à ses élèves de décrire, dans le menu détail, leur jardin. Franchon et ses sœurs habitaient un logement dans la côte Belvédère, contrairement à leurs camarades de classe qui, pour la plupart, demeuraient dans les quartiers cossus de Sillery et dans de belles maisons de chaque côté de la Grande Allée ou encore au parc des Braves. Là où logeaient Mado et ses filles, il n'y avait pas de beaux jardins ni de pelouses tondues avec soin, pas de bosquets fournis ni de clôture en fer forgé qui protégeait de tout, pas de piscine ni de rocailles débordantes de fleurs odorantes. Comme sa mère ne semblait pas comprendre son désarroi, Franchon avait insisté : « La sœur a exigé qu'on parle de notre jardin. C'est une description qu'elle veut, pas une fiction. "Décrivez votre jardin !" » répétait l'adolescente avec rage, tout en roulant les R pour imiter la religieuse.

Mado avait attendu que le chagrin et la colère de Franchon s'apaisent avant d'intervenir à nouveau. Elle sentait bien que sa fille lui en voulait de lui faire fréquenter les bons collèges, où étudiaient les enfants de riches, sans habiter elles-mêmes dans un beau quartier. Une fois l'émotion passée, elle avait ordonné à sa fille de s'asseoir dehors et de décrire le plus simplement du monde ce qu'elle voyait et ressentait. Comme sa mère affichait un regard insistant, Franchon savait qu'il était inutile de protester et qu'il valait mieux s'exécuter, même si cette dernière l'envoyait, en quelque sorte, à la potence. La religieuse ne manquerait pas de la ridiculiser devant la classe, et elle serait victime des railleries de ses camarades.

Sa rédaction lui avait pris une bonne partie de la journée. Elle avait finalement consenti à décrire ce qu'elle voyait. Les hangars en bois, les cordes à linge où pendaient les dessous des voisins. Les mères qui criaient après leur marmaille pour qu'elle vienne souper, les enfants qui jouaient en se chamaillant, sans oublier les rêves et les secrets, les baisers volés en cachette ainsi que les premières cigarettes. Un petit monde grouillant de vie et d'espoir.

Le lundi matin, Franchon avait remis sa copie, la mort dans l'âme. Lorsqu'elle leur avait rendu les devoirs corrigés, la religieuse avait déclaré qu'elle n'en lirait qu'un à la classe. Un seul, différent de tous les autres. Franchon avait su que c'était le sien et que le moment où elle serait humiliée publiquement était arrivé. À son grand étonnement, l'enseignante avait qualifié le texte de « très réussi » puisqu'il possédait selon elle une qualité rare: la tendresse.

Ce jour-là, Franchon avait saisi ce que sa mère essayait de lui enseigner: il ne sert à rien d'être riche si on ne sait pas apprécier ce que l'on possède.

À partir de cet instant, l'adolescente avait porté sur sa vie un regard nouveau. Leur appartement était modeste, certes, mais très chaleureux, lumineux. L'agitation y régnait en permanence, le bruit, les éclats de voix, les rires étaient monnaie courante, mais il y avait de la vie, contrairement aux maisons de ses copines plus fortunées où un ordre glacial prévalait et où personne ne se parlait ni ne s'embrassait. Les filles n'étaient pas toujours habillées à la dernière mode, mais Mado leur avait appris à ajouter des accessoires à leurs vêtements pour leur donner une couleur singulière.

Franchon avait compris alors que la différence était leur richesse.

« Ma mère est une abeille ouvrière qui enseigne l'art de devenir reine du foyer »

Pour Mado, il était essentiel que ses filles sachent se sortir de toutes les situations, parce qu'elle jugeait que ces dernières avaient « des goûts de luxe », comme elle s'amusait à leur répéter. « Ou vous vous trouvez un mari riche – mais ce n'est pas toujours celui-là qu'on a envie d'aimer –, ou vous apprenez à vous débrouiller dans la vie. » Ce que Mado s'était fait un devoir de leur montrer. Elle n'était pas une grande couturière, mais elle connaissait le fonctionnement d'une machine à coudre ; c'est elle qui cousait les rideaux, les dessus-de-lit et les coussins, le soir, lorsque la famille dormait. Elle n'était pas non plus la meilleure tricoteuse du monde, mais elle savait manier les aiguilles. Pour ce qui est de la cuisine, loin d'être un grand chef, elle avait tout de même appris les rudiments de cet art et les appliquait pour le plus grand plaisir de toutes. Elle avait un goût sûr, savait harmoniser les couleurs et donner une certaine élégance aux pièces. Ses filles étaient toujours bien mises. Mado y tenait mordicus. Elle ne tolérait pas le désordre, ni sur soi ni autour de soi. Il en allait de même pour la décoration de la maison : rien n'était laissé au hasard.

Il n'était pas question de déposer une bouteille de ketchup, ni une pinte de lait sur la table. Il y avait des récipients pour cela. Le ménage devait être fait et la maison, sentir bon.

On savait créer, dans cette famille. Les filles réussissaient à coudre les vêtements qui leur faisaient envie et qu'elles n'avaient pas les moyens de s'offrir. Franchon et son aînée allaient d'abord dans une boutique repérer une robe qui leur plaisait ; l'une d'elles faisait office de modèle et l'essayait à l'envers, ce qui permettait à l'autre de noter l'emplacement des pinces, des coutures particulières et de l'emmanchure. Une fois cet exercice exécuté, elles partaient sans acheter la robe et se rendaient dans un magasin de tissu pour se procurer du coton ou du lin et un patron qui leur servirait de base. Grâce à leur mère, les filles ont appris à tricoter au gré de leur fantaisie, à bricoler l'objet qu'elle ne pouvait se payer, à cuisiner avec inventivité en utilisant ce qu'il y avait dans le réfrigérateur.

Mado avait fait ce cadeau précieux à ses filles : leur montrer à se tenir debout et à se débrouiller. Pour elle, c'était cela, réussir sa vie !

Mado et la mort

On ne pourrait pas dire que Mado craignait la mort. Elle en parlait tout le temps, se moquant même de son propre décès. Il lui est arrivé, à plusieurs reprises, d'aller coiffer, à la morgue, une personne qui venait de décéder. Certaines clientes, qui avaient peur de laisser ce soin ultime à des professionnels des pompes funèbres, suppliaient Mado de venir coiffer leur mère une dernière fois, puisqu'elle connaissait si bien la chevelure et les goûts de la défunte, ayant été sa coiffeuse pendant tant d'années. Et la mère de Franchon se faisait un devoir d'y aller. « Aussi bien être belle jusqu'au dernier moment », se disait sans doute Mado. Les filles la trouvaient vraiment courageuse. Coiffer des morts !

Mado parlait ouvertement de sa fin comme d'un grand soulagement à venir. Elle mentionnait souvent à quel point elle serait heureuse, allongée dans sa tombe. « Enfin, s'exclamait-elle, je vais pouvoir me reposer en paix ! Dormir sans être dérangée ! » Cela était dit sur un ton joyeux. Elle ajoutait même qu'elle serait tellement bien puisqu'elle serait seule et tranquille pour une fois, ce qui sous-entendait qu'elle serait débarrassée de tout ce bruit, de ces demandes incessantes dont la submergeaient ses filles. Celles-ci n'en croyaient rien. Leur mère les adorait, elles le savaient. Au fil des années, Mado n'avait jamais réussi à se passer longtemps de leur présence. Malgré cela, elle répétait à tout bout de champ qu'elle aimerait faire inscrire sur sa tombe: «Enfin seule!» Les filles riaient de bon cœur de cette boutade.

Un soir où elle s'était laissée aller aux confidences, Mado leur avait avoué qu'elle trouvait que les gens n'étaient pas sincères lorsqu'ils s'approchaient d'un cercueil dans lequel reposait un être cher ou même une simple connaissance à qui ils rendaient un dernier hommage. En mimant leur comportement, elle avait décrit la façon dont ils venaient prendre place sur le prie-Dieu: «D'abord, ils se mettent à genoux sans trop regarder le mort. Puis ils lui jettent un rapide coup d'œil et s'étonnent des changements qu'a subis le défunt, surtout s'ils ne l'ont pas vu depuis un moment ou si la maladie a fait son œuvre, et se mettent à parler à mots couverts du travail de l'embaumeur. Pour eux, ça n'est jamais réussi: "C'est pas lui, ça!" disent-ils toujours. Bien sûr que non, ça ne peut pas être lui. Celui qu'ils ont connu était vivant, tandis que celui-là n'est plus qu'un pantin maquillé!»

Ce qui importait le plus pour la mère de Franchon, c'était de savoir à quel point les visiteurs éprouveraient un véritable chagrin lorsqu'ils iraient se recueillir près de sa dépouille. Auraient-ils réellement de la peine de la voir morte? L'avaient-ils vraiment aimée ou jouaient-ils la comédie?

Elle faisait alors la mise en scène de son exposition au salon funéraire. Outre son exigence qu'il n'y ait pas de satin dans le cercueil, elle demandait à ses filles qu'on lui garde un œil ouvert, celui qui donnerait du côté où les gens viendraient se recueillir. La démonstration était éloquente. Elle s'allongeait sur le dossier de sa chaise – ces discussions avaient souvent lieu durant les repas –, plaçait une main sur sa poitrine, tandis que l'autre s'agrippait au rebord du « cercueil », et ouvrait un œil exorbité.

« Comme ça, disait-elle, lorsque après avoir dit leur petite prière ils relèveront la tête, ils vont voir que je les surveille de près. Et s'ils ne sont pas sincères, ils se sauveront en courant. » Les filles éclataient de rire devant les mimiques de leur mère. Franchon et ses sœurs ne doutaient pas un instant de la réaction que provoquerait cet œil inquisiteur. Mado avait les yeux brun foncé, intenses. Autant ils pouvaient être rieurs parfois, autant lorsqu'ils étaient courroucés ils donnaient froid dans le dos. Combien de fois avait-elle affiché ce regard sévère quand le comportement des filles méritait une punition ? Elles avaient toutes filé, sans demander leur reste. Comme le feraient sans doute ceux qui viendraient près de leur mère étendue dans son cercueil, un œil ouvert.

C'est cette pensée qui habiterait Franchon et ses sœurs, en ce début de janvier 1974, lorsqu'elles se retrouveraient à la Coopérative funéraire de la rue des Franciscains, où leur mère serait exposée, tel un pantin sans vie et trop maquillé.

Le rêve de Franchon

La dernière fois que Franchon a vu sa mère, c'était à l'automne 1973, à l'aéroport de Montréal. Elle partait pour un long séjour avec Pierre, son mari, qui venait de terminer sa médecine. Avant d'entreprendre des études en vue de sa spécialisation, il lui avait proposé de faire un voyage de plusieurs mois. Franchon, qui travaillait pour la télévision jeunesse de Radio-Canada, avait achevé depuis peu l'écriture d'une série. Ces vacances de ressourcement étaient les bienvenues pour tous les deux.

Mado était toute menue, se tenant bien droite pour la saluer malgré le léger arrondi de son dos. À peine pesait-elle quarante-cinq kilos. Une toux persistante ponctuait chacune de ses recommandations. Et les recommandations, dans la vie de Franchon et de ses sœurs, étaient monnaie courante. Mado n'en finissait jamais de prodiguer ses « tiens-toi droite, excuse-toi, on ne parle pas la bouche pleine, sois polie, dis merci, veux-tu avaler ta fourchette ? ». Mais cette fois-ci, Mado avait simplement serré sa Franchon dans ses bras, lui ordonnant de ne pas penser à elle, de s'amuser et de profiter de tout ce qu'elle découvrirait.

Franchon et son mari partaient donc le cœur léger pour un périple longtemps rêvé. L'Europe, l'Afrique du Nord, une partie du Moyen-Orient les attendaient. Ils donneraient régulièrement des nouvelles à leur famille en expédiant cartes postales et longues lettres, mais Mado et les filles ne pourraient pas les joindre puisque les voyageurs se déplaceraient au hasard de leurs envies. Un rendez-vous pour un échange de correspondances avait tout de même été organisé après le jour de l'An : le couple avait l'intention de se rendre à Thibar, en Tunisie, pour visiter Roméo, l'oncle de Mado, père blanc qui enseignait dans ce village l'art de la viticulture.

Après avoir séjourné dans le désert d'Algérie, ils en avaient bientôt eu assez des tempêtes de sable et surtout des nuits glaciales passées à bord de leur petite fourgonnette faiblement isolée. Ils avaient donc franchi la frontière plus tôt que prévu pour atteindre Saint-Joseph de Thibar à deux jours de Noël. Ils y avaient été bien accueillis : la chambre monacale mise à leur disposition, après les longs mois qu'ils venaient de passer sans connaître le confort, leur avait paru d'un grand luxe. Roméo leur avait fait faire le tour du propriétaire avant de les réquisitionner en vue des célébrations de Noël. Le mari de Franchon devait aller couper un arbre qui servirait de sapin de Noël, tandis qu'elle avait pour tâche de confectionner une crèche. Auparavant, ils avaient eu droit à un repas avec les membres de la communauté dans un vaste réfectoire aux longues tables, chacune pourvu de vins produits sur les lieux. Pendant le dîner, Franchon avait pris plaisir à taquiner l'oncle de Mado en révélant à tous son véritable nom : Roméo Lamoureux. Mais malgré ses efforts pour amuser la galerie, elle n'était pas en grande forme. Franchon se sentait l'estomac barbouillé et elle n'avait pas fait honneur au repas qui semblait pourtant succulent. Elle s'était contentée de quelques oranges, cueillies plus tôt dans l'orangeraie, puis était montée se coucher.

Durant la nuit, elle avait été malade. Entre les visites au petit coin, son sommeil était hanté par un rêve. Toujours les mêmes images. Sa mère lui apparaissait, telle la Vierge de la crèche, le visage recouvert d'un voile bleu, transparent. L'instant d'après, une main inconnue l'enlevait promptement et le remplaçait par un voile de couleur noire. Patiemment, Franchon tentait de faire la substitution, mais ses efforts étaient vains. Épuisée, encore nauséeuse, elle avait été réveillée au petit matin par des coups frappés à sa porte, certaine que quelque chose n'allait pas. Sur le seuil se tenait son oncle, l'air embarrassé, un télégramme à la main.

Franchon avait tendu la sienne vers lui afin qu'il lui remette le message : « Maman gravement malade. Reviens vite. » Il était signé par ses trois jeunes sœurs. Sur les recommandations d'oncle Roméo, Franchon et son mari étaient partis vers l'aéroport, même si ce dernier était à une heure de route, pour téléphoner au Québec ; ils seraient ainsi sur place pour acheter un billet d'avion s'il fallait partir. C'est en larmes que sa cadette lui avait expliqué la situation au téléphone. Leur mère avait fait un accident vasculaire cérébral et allait de plus en plus mal. Le mari de Franchon connaissait la santé fragile de Mado et s'était informé de son état général. Après avoir mis fin à l'appel, il avait regardé sa femme dans les yeux et lui avait dit que si elle voulait voir sa mère en vie, il lui fallait partir au plus vite, car elle n'en avait plus pour très longtemps. Ils s'étaient rendus à un comptoir, et elle avait pris un billet pour le premier vol en partance vers Montréal prévu le lendemain, jour de Noël. Tandis que la préposée enregistrait sa réservation, Franchon n'avait pu s'empêcher d'écouter des femmes assises à même le sol, habillées de noir de la tête aux pieds et voilées, qui émettaient un son de gorge typique de celles qui accompagnent les voyageurs s'apprêtant à partir pour La Mecque. Franchon avait l'impression de revivre son rêve de la nuit précédente.

La suite avait été tout aussi hallucinante. Retour vers la communauté d'oncle Roméo, valises rapides et départ précipité. Pierre s'occuperait de rendre la voiture et de tous les bagages et viendrait la rejoindre aussitôt qu'il le pourrait. À cause d'un retard, elle avait raté sa correspondance à Paris et avait dû dormir à l'hôtel. Une fois de plus, elle n'avait pas réussi à fermer l'œil de la nuit. Sa sœur, jointe au téléphone, lui répétait de se dépêcher de rentrer, sa mère s'affaiblissant de jour en jour. Le vol vers sa destination finale n'avait guère été plus reposant. Le mauvais temps avait forcé le pilote à atterrir à Chicago. Impossible de savoir quand on pourrait se rendre à Montréal. C'est en pleurs que Franchon s'était adressée à une hôtesse : « Ma mère se meurt, je n'arriverai pas à temps. Faites quelque chose, s'il vous plaît. » Une fois installée à bord d'un avion qui devait faire un arrêt à Toronto, Franchon avait senti qu'elle arrivait enfin à bon port. Mais au-dessus de Montréal, l'avion avait dû tourner dans le ciel durant une longue heure avant de se poser sur la piste glacée. Une fois au sol, elle n'avait pu récupérer sa valise, les conteneurs étant gelés, et avait dû, encore une fois, attendre quelques heures supplémentaires. Une amie qui était venue la chercher et lui apporter bottes et manteau l'avait aussitôt fait monter dans un autobus en direction de Québec, moyen de transport le plus sûr.

Le 26 décembre, après avoir déposé sa valise chez ses jeunes sœurs, Franchon s'était rendue à l'hôpital. L'infirmière qui l'avait accueillie lui avait dit que les médecins n'en revenaient pas de la force de caractère de sa mère. « Dans son état, elle aurait dû nous quitter il y a plusieurs jours. »

Lorsque Franchon avait pénétré dans la chambre où reposait sa mère, elle avait su que Mado l'attendait pour lui faire ses adieux et partir en paix.

Les derniers moments

Plusieurs fois Franchon avait découvert sa mère recroquevillée dans son lit, épuisée après une quinte de toux. Plusieurs fois elle s'était dit que cela ne pourrait plus durer longtemps. Lorsque, en ce petit matin de la fin de décembre, elle était entrée dans la chambre où sa mère avait été hospitalisée après son AVC, elle avait su immédiatement en la voyant que son existence tenait à peu de chose, même si elle s'accrochait désespérément à la vie depuis plusieurs jours. Elle était si maigre ! Un petit paquet d'os perdu dans une jaquette d'hôpital, branché à toutes sortes de fils qui la maintenaient vivante. Le médecin avait été formel : « C'est incroyable, la force de cette femme. Je n'ai jamais vu quelqu'un se défendre autant pour rester en vie. Malgré son état de santé déplorable, elle est faite forte, votre mère. »

Franchon et ses sœurs en savaient quelque chose. Cette petite bonne femme était la détermination incarnée. En la regardant se débattre dans son sommeil, Franchon se rappelait comment toute sa vie sa mère avait surmonté les obstacles, repoussé les limites, tenu le coup, mais contrairement à ce que pensait le médecin, elle ne luttait pas pour sa vie, mais pour celle de ses enfants. Mado, malgré la paralysie partielle qui la clouait au lit, ne pouvait oublier qu'il lui restait encore trois filles aux études. Les deux aînées avaient quitté la maison depuis quelques années déjà, toutes deux pour se marier. Franchon attendait son mari, qui la rejoindrait bientôt, alors que son aînée, divorcée depuis peu, voyageait en Inde, en quête d'une nouvelle vie. Jusqu'à maintenant, ses sœurs n'avaient pu la joindre pour lui faire part de l'état de leur mère.

Franchon passait désormais la majeure partie de ses journées à l'hôpital. Sa cadette et les deux petites – elle ne pouvait s'empêcher de les appeler ainsi même si elles étaient sur le point de devenir des jeunes femmes – se reposaient un peu. Elles avaient tant fait quand l'accident était survenu que Franchon jugeait que c'était à son tour de prendre le relais.

Pour Mado, qui avait toujours été une femme active, cette immobilité forcée n'était pas facile. Elle aurait voulu se lever, enlever le soluté et toute cette « quincaillerie » qui la rattachait au respirateur. Elle faisait également des efforts pour parler malgré sa paralysie faciale. Elle entrait dans de grandes colères quand Franchon et ses sœurs n'arrivaient pas à comprendre ce qu'elle essayait désespérément de leur dire. Et puis elle avait entrepris de bouger sa main et son bras inertes, devenus insensibles depuis son accident. Elle y était parvenue en partie. Les derniers jours de Mado ont été des jours de bataille.

Tard le soir, Franchon rentrait dormir dans son ancien lit. Elle ne se reposait pas vraiment, ayant toujours une oreille à l'écoute au cas où l'hôpital appellerait. Au cours de ces nuits d'insomnie, elle songeait au sort qui les attendait. Mado n'avait jamais été facile à vivre. C'est elle qui orchestrait tout, et les choses devaient être faites à sa manière. Qu'adviendrait-il si elle survivait à cet accident et revenait à la maison paralysée ?

Franchon ne cessait de penser à ses jeunes sœurs, toutes trois aux études. Connaissant le dévouement de sa cadette, elle était convaincue que cette dernière laisserait l'université pour s'occuper des deux plus jeunes et de leur mère. C'est pourquoi, ces nuits-là, Franchon priait en silence pour qu'on vienne chercher sa maman. Elle s'en voulait d'avoir de telles pensées, mais n'entrevoyait pas d'autres solutions.

Le matin du 3 janvier, l'infirmière l'avait avertie que Mado n'avait pas passé une bonne nuit. Franchon s'était précipitée au chevet de sa mère, où les filles la rejoindraient un peu plus tard. Mado ne luttait presque plus. Son regard fixait Franchon, qui lui caressait le front et tentait de l'apaiser en lui disant qu'elle pouvait compter sur elle pour aider les petites, qu'il était temps qu'elle pense à elle et qu'elle pouvait partir en paix, si elle le voulait. Elle la berçait comme l'enfant qu'elle n'avait pas encore. C'était la première fois que sa mère se laissait aider, se laissait faire, se laissait aimer. Cette fois-là, Franchon a eu accès à la petite fille que Mado avait été. Pas aussi riante ni aussi fougueuse que par le passé, mais accessible. Franchon lui tenait toujours la main lorsqu'elle a senti la vie s'en aller doucement. Est-ce ainsi quand on meurt ? La vie s'échappe lorsqu'on ne s'y attend pas ? Pourtant, le respirateur derrière le lit continuait de pomper l'air jusqu'à ses poumons pour lui prodiguer le souffle nécessaire. Mais Mado ne réagissait plus. Elle restait là, inerte, et, tout à coup, tellement belle. Tellement lumineuse. Comme si, dans la mort, ses joues avaient repris de la couleur, sa peau, de l'éclat. Sa mère avait arrêté de lutter. L'armure qui la maintenait en vie, qui lui permettait de se tenir debout s'était brisée d'un coup, usée par les années, laissant apparaître son âme.

Franchon se sentait privilégiée d'avoir tenu sa mère dans ses bras au cours de ses derniers instants. Elle avait toujours eu la conviction d'être forte et solide grâce à Mado, et voilà maintenant que celle-ci lui insufflait une douceur inégalée. Celle qu'elle n'avait pu montrer souvent, trop occupée à protéger sa couvée.

L'infirmière avait proposé à Franchon de débarrasser sa mère de tous les fils encombrants qui ne servaient plus à rien. Une fois cela fait, Mado, sur le petit lit, paraissait vivante et enfin détendue. Ce qu'elle n'avait jamais arrêté de réclamer – le silence, le calme, le repos –, elle l'avait enfin obtenu, ce matin du 3 janvier 1974.

« Ma mère est un écureuil qui enfouit ses secrets »

Lorsqu'elle était enfant, Franchon adorait fouiller dans les tiroirs secrets de sa mère. Admirer les petits bijoux de pacotille, les enfiler à ses poignets, les mettre à son cou, puis ouvrir les poudriers qui sentaient si bon et répandaient un nuage léger, vaporeux dans l'air de la chambre. Les bâtons de rouge à lèvres retenaient particulièrement son attention. Mado avait une manière bien à elle de l'appliquer. Franchon avait observé ses tantes, sa marraine et les amies de sa mère alors qu'elles mettaient du rouge, mais aucune d'entre elles ne formait cette courbe qui rendait la pointe si mince et fragile, sans la casser. Elle prenait plaisir à regarder sa mère poser avec application les tons, toujours écarlates, sur ses lèvres, qui animaient aussitôt son visage au teint pâle. Ce même rouge qu'on retrouvait ensuite imprimé sur les nombreux mégots de cigarettes qui s'empilaient dans les cendriers, un peu partout dans la maison.

Les chaussures à talons hauts fascinaient également Franchon et ses sœurs, qui soupiraient d'impatience dans l'attente d'en porter enfin. Lorsque leur mère était absente, elles ne se privaient pas de les essayer, ces souliers tellement hauts, tellement beaux !

Mais plus que tout, le salon de coiffure de Mado envoûtait ses filles. À l'époque où leur mère recevait ses clientes dans l'appartement du chemin Sainte-Foy, la double pièce où elle travaillait leur était interdite. Néanmoins, il arrivait qu'elles aillent y fouiner pour y contempler les bigoudis de grandeurs et de couleurs différentes, les peignes, les brosses de toutes sortes, les épingles à cheveux… Et les filets aussi, ces fines voilettes pliées dans des sachets de papier et qui servaient à maintenir les chignons en place. Un tiroir faisait l'objet d'un interdit formel : il contenait les rasoirs et les ciseaux.

Au cours des années qui avaient suivi, Franchon n'était pas souvent allée fureter dans les tiroirs de sa mère. On fait cela lorsqu'on est petit ; après, c'est à notre tour de remplir de trésors et de secrets nos propres tiroirs.

À la mort de Mado, Franchon et sa sœur cadette avaient dû une fois encore – et pour la dernière fois – fouiller dans les effets personnels de leur mère à la recherche d'un testament. Outre les papiers importants, il y avait, pêle-mêle, tous ces menus objets qu'on laisse traîner dans les tiroirs en se disant qu'un jour on les classera ou qu'ils pourraient servir, on ne sait pas trop à quoi, mais on les conserve quand même, au cas où ; et puis, un jour, comme celui-là, on réalise que c'est tout ce qu'il reste de la personne qui vient de disparaître. Des babioles, des colifichets, des petits riens. Un poudrier, un bâton de rouge à lèvres, un bout de papier sur lequel est notée une adresse. Et on a terriblement envie de pleurer.

Les papiers dont les filles avaient besoin y étaient bien rangés. Mado leur laissait une modeste somme issue d'une assurance vie et de quoi l'enterrer dignement.

Tout au fond de l'un des tiroirs, les deux filles avaient fait une découverte qui les avait grandement étonnées. Parmi quelques objets, des cartes de visite, des réclames, il y avait un album dans lequel Mado avait pris le temps de coller des articles et des photos faisant état de la carrière naissante de Franchon sur diverses scènes de théâtre du Québec. Celle-ci n'avait jamais rien su de l'existence de ce cahier. Ses sœurs qui habitaient toujours à la maison avec leur mère n'étaient pas plus au courant de ce secret. Mado semblait contente de la carrière qu'avait choisie sa fille et donnait l'impression de suivre de loin ses premiers pas de comédienne. Franchon avait été très touchée par ce geste.

Elle aurait bien aimé trouver des calepins, des notes où Mado aurait parlé de son amour pour leur père, de sa séparation, de sa vie de femme seule, de son quotidien avec ses filles, de son métier; un journal où elle aurait colligé les divers moments importants de sa vie. Mais rien. Il n'y avait rien d'autre que son testament et cet acte d'amour pour l'une de ses filles. Elle emportait avec elle tant de mystères qu'elle avait gardés pour elle, tant d'émotions qu'elle avait tues. Tant de choses que Franchon et ses sœurs ne sauraient jamais.

Le saut de la mort

Elles suivaient l'homme habillé de noir depuis un certain temps, marchant l'une derrière l'autre en tenant les pans de leur manteau bien fermés tant la pièce était froide. Mais il n'y avait pas que dans ce lieu lugubre que le froid sévissait. Franchon et sa sœur cadette étaient, à la fois, mortes de fatigue et de chagrin. Elles n'avaient pas dormi depuis plusieurs jours et ce qu'elles s'apprêtaient à accomplir ensemble, elles auraient donné tout ce qu'elles possédaient pour ne pas avoir à le faire. L'aînée n'était pas là, séjournant toujours en Inde. Les filles n'avaient pas encore réussi à la joindre puisqu'il était impossible de savoir où elle se trouvait exactement. C'est grand, l'Inde, et le besoin d'avoir leur sœur aînée auprès d'elles dans un pareil moment était immense également. Mais il fallait faire sans, et les filles n'arrivaient pas à se décider. Le monsieur qu'elles avaient consulté avait beau leur prodiguer ses conseils éclairés, elles ne cessaient de tergiverser. Pas facile, à vingt ans, de choisir le cercueil de sa mère.

Mado était partie à l'aube du jour précédent. Franchon et sa sœur étaient toutes deux en état de choc, comme les petites restées à la maison. Elles devaient faire un choix, mais lequel ? Elles se promenaient depuis plus d'une demi-heure entre les différents cercueils qu'on leur présentait et elles en auraient vomi tant la tâche leur répugnait.

Pourtant, elles savaient par cœur ce que leur mère n'aurait pas aimé. Mado parlait souvent du jour où tout serait terminé pour elle. « Quand je serai morte, avait-elle coutume de dire, que je n'en voie pas une me choisir une tombe garnie de satin blanc. Avec mon teint pâle, je vais avoir l'air d'une vraie morte. » Et chaque fois les filles riaient de cette blague qui n'en était pas vraiment une. Franchon était convaincue qu'à cet instant précis sa sœur cadette pensait elle aussi à ces paroles en se promenant parmi les cercueils. Elle n'osait pas la regarder. Elles étaient toutes les deux si fatiguées qu'un coup d'œil aurait suffi pour qu'elles éclatent de rire au souvenir de leur mère qui imitait sa posture dans le cercueil. Et ce fou rire aurait aussitôt été suivi d'énormes sanglots qu'il serait difficile de contenir. Alors elles faisaient semblant de regarder ces longues caisses noires laquées ou brunes qui laissaient voir le grain du bois, tout en écoutant l'entrepreneur des pompes funèbres les décrire avec moult détails.

À un moment donné, elles avaient répliqué en chœur, la voix enrouée par la peine : « Pas de satin blanc, s'il vous plaît, pas de satin blanc. » « Et pas fripé. Ma mère détestait ça ! » avait précisé Franchon. « Pourtant, avait objecté l'homme, c'est très tendance. » Pour qui ? s'était demandé Franchon. Pour le mort ? Qu'est-ce qu'il en a à faire ?

Devant l'air déterminé des deux jeunes femmes, l'entrepreneur avait poursuivi en tenant compte des avis de ses clientes. « Nous avons ici quelque chose de plus coquille d'œuf que blanc et de moins travaillé… » Elles n'écoutaient déjà plus.

En fait, la gamme des choix possibles était restreinte. Pas trop clinquant, pas de satin blanc, pas froissé et pas trop luxueux, vu le maigre budget dont elles disposaient. Leur mère avait prévu le montant pour l'enterrer dignement, mais sobrement.

Devant leur hésitation, l'entrepreneur les avait laissées seules pour qu'elles prennent leur décision en toute tranquillité. Après qu'il eut quitté la pièce, Franchon avait regardé sa sœur. Les yeux bleus de sa cadette étaient délavés par les tensions, la fatigue et la peine, des cernes marquaient sa peau, ses joues étaient rouges sous l'effet du chagrin. Un rapide coup d'œil dans un miroir lui confirmait qu'elle avait presque une sœur jumelle, ce jour-là. Elles avaient parlementé un peu, tout bas puisque le lieu s'y prêtait. Elles avaient envie de quelque chose de beau, d'un peu plus luxueux que ce qu'aurait choisi leur mère. Elles voulaient… elles voulaient ce qu'il y avait de mieux pour elle. Tout à coup, dans ce silence de mort, un bruit effrayant les avait fait sursauter et hurler à l'unisson. Bien qu'il n'y eût personne d'autre dans la pièce, le couvercle d'un cercueil venait de se fermer brusquement. Une fois la frayeur passée, un rire incontrôlable les avait saisies. Elles avaient beau respirer calmement, serrer leurs lèvres jusqu'à ce qu'elles soient blanches, se raisonner, faire signe à l'autre de cesser, rien n'y faisait. Les larmes se mêlaient aux rires, les cris fusaient, les secousses n'arrêtaient pas. L'une arrivait-elle à se calmer enfin que l'autre repartait le bal aussitôt. Au bout d'un long moment, où toutes les deux luttaient pour retrouver une certaine dignité, la cadette avait eu une pensée qui avait éteint son fou rire immédiatement. Ce couvercle qui s'était fermé avec fracas était un signe de Mado. Leur mère le disait souvent : « Vous êtes mieux de me trouver quelque chose à mon goût. » Ce qu'elles feraient. Elles choisiraient finalement un cercueil d'une essence de bois toute simple, muni de poignées sans garnitures argentées ; l'intérieur était satiné de blanc cassé, le plus lisse possible, avec un petit oreiller qui semblait confortable et sur lequel leur mère pourrait enfin se reposer.

Avis de décès

À Québec, le 3 janvier 1974, à l'âge de 52 ans, est décédée Madeleine Colombe Plamondon. Elle demeurait au 730, avenue Belvédère, app. 5, à Québec. Les funérailles auront lieu le lundi 7 janvier 1974, à 14 h 30. Service religieux à l'église des Saints-Martyrs-Canadiens et inhumation au cimetière Belmont. Elle était professeure de coiffure à l'école Lemieux. Elle laisse dans le deuil ses enfants Louise, Francine, Andrée, Joan et Claudine Ruel, ainsi que sa petite-fille Sophie, ses sœurs et ses frères, ses neveux et nièces et de nombreux amis.

Ils étaient venus en grand nombre pour lui rendre hommage. Le salon funéraire ne désemplissait pas. Il y avait toujours un ancien collègue, un ancien étudiant, d'anciennes clientes, un membre de la famille, un ami… Les sanglots succédaient aux fous rires. Quand votre mère n'a pas arrêté, tout le long de sa vie, de parodier ses propres funérailles, il est normal que, l'heure du décès venue, le rire soit de la partie. Et c'est ce qui arrivait chaque fois qu'une personne, connue des filles pour ne pas avoir apprécié leur mère de son vivant, se rendait près du cercueil avec ce faux air contrit tant décrié par Mado. Mais le chagrin qui s'était apaisé durant quelques instants reprenait rapidement du service. L'aînée leur manquait cruellement. Les filles essayaient de se faire une raison. C'était aussi cela, la vie : il y a des circonstances où l'on ne peut pas répondre « présent », même quand sa mère vient de mourir.

Les filles accueillaient avec chaleur tous les visiteurs, mais restaient quand même sur leurs gardes. Elles s'étaient donné le mot : il n'était absolument pas question que leur père, absent depuis tant d'années, se présente aux funérailles de leur mère. S'il osait venir, l'une d'entre elles le jetterait dehors, à coup sûr. Et si elle avait besoin d'aide, la « meute » interviendrait. Les sœurs tenaient presque toutes leur père en partie responsable du décès prématuré de Mado. Cinquante-deux ans, c'est trop jeune pour mourir quand on a tant d'amour, de vie et de force en soi. Sans doute le chagrin avait-il pris trop de place durant la courte vie de leur mère.

Les livraisons de fleurs affluaient. En ouvrant une boîte, dont l'étiquette mentionnait un envoi des étudiants de l'école où Mado enseignait la coiffure, Franchon et sa cadette avaient eu la surprise de leur vie. Le fleuriste s'était surpassé ! Sûrement inspiré par les directives de ses clients, qui voulaient rendre un vibrant hommage à leur professeur qu'ils estimaient grandement, il avait reproduit un peu naïvement la figure de la défunte. Une tête en mousse de polystyrène avait été recouverte de fleurs : des marguerites jaunes faisaient office de cheveux, et d'autres, plus rosées, formaient le visage. On avait placé des fleurs rouges pour façonner la bouche, et deux boutons noirs pour les yeux. C'était à la fois horrible et touchant. Les filles s'étaient empressées de camoufler cet assemblage parmi les autres bouquets. Mais lorsqu'un étudiant se présentait au salon et semblait chercher du regard le fameux arrangement, on le remettait en évidence, avant de gagner les toilettes des dames pour se libérer des fous rires qui s'ensuivaient.

Puis il avait fallu dire au revoir à Mado et suivre le cercueil jusqu'à sa tombe. Toutes les choses qu'on ne s'était pas dites, tous ces câlins qui n'avaient pas été donnés, tous ces moments qu'il aurait été encore si bon d'avoir, tout cela était terminé. Mado emportait avec elle ces petits riens, ces regrets et ces chagrins. Déjà « orphelines » de leur père, les filles perdaient la personne la plus importante dans leur vie, celle qui n'avait pas fini de les aider à grandir, celle qui les avait tant aimées.

Alors qu'elles marchaient dans le cimetière, une petite neige ouateuse s'était mise à tomber, presque au ralenti. Franchon en avait été heureuse. Ce calme lui faisait le plus grand bien. Il apaisait son cœur. Elle était loin de savoir que, l'année suivante, elle marcherait sous une neige semblable en direction de l'hôpital où elle irait accoucher, demandant tout bas à sa mère de l'accompagner parce qu'elle avait besoin de sa présence, une fois de plus.

Remerciements

Tout d'abord, un immense merci à mes sœurs Loulou et Andrée d'avoir accepté de plonger avec moi dans nos souvenirs d'enfance pour retrouver notre mère. Merci à « Tucette », ma marraine adorée, d'avoir ouvert son cœur et sa mémoire.

Ce récit n'aurait pu voir le jour sans la présence, la patience et la tendresse indéfectibles d'un éditeur fabuleux, André Bastien. Un grand merci va également à Marie-Eve Gélinas, qui l'a secondé tout au long de cette aventure.

Et, surtout, merci à M., mon âme sœur, mon amour.

Cet ouvrage a été composé en Adobe Caslon 12,25/15 et achevé
d'imprimer en août 2013 sur les presses de Lebonfon, Val-d'Or, Canada.

procédé sans chlore
30% post-consommation
archives permanentes